Jack Vance

LE MASQUE DE CHAIR

Traduction de l'anglais (États-Unis)
par Patrick Dusoulier

Jack Vance chez Spatterlight

L'Autobiographie
Mon nom est Vance, Jack Vance (2017) *

Les Mystères
Déjà parus :
– 2016 –
L'homme en cage *
Les Îles de la mort *
Sombre Océan *
Drôles de gens *
– 2017 –
Un plat qui se mange froid
Charmants Voisins
&
Triple meurtre à Riverview *
Le Masque de chair *

À paraître en 2017 :
Méchante Fille
Lily Street

* Première parution en français.

Jack Vance

Le Masque
de chair

Le Masque de chair a été publié aux États-Unis par
Mystery House, New York, 1957,
sous le titre :
TAKE MY FACE
© Jack Vance, 1957, 2002

© Spatterlight, 2017 pour la traduction française
Traduit par Patrick Dusoulier
Couverture réalisée par Howard Kistler
ISBN 978-1-61947-310-2

Amstelveen
Pays-Bas

www.jackvance.com

Avant-propos

Jack Vance a écrit onze romans policiers, qu'il appelait ses « mystères ». Cinq ont été publiés en français, mais six sont restés inédits à ce jour. J'ai décidé de remédier à cette regrettable situation, du moins en partie pour l'instant, en en traduisant les quatre publiés sous son nom (les deux autres sont parus sous des pseudonymes, Peter Held et Alan Wade). J'ai évidemment confié la diffusion de ces traductions à Spatterlight qui, sous la houlette éclairée de John Vance Jr. et de Koen Vyverman, a déjà publié l'œuvre intégrale de Vance en anglais, telle que restaurée par le Projet VIE en 2005.

J'espère que les lecteurs français les découvriront avec plaisir. Plus encore que l'intrigue policière, ces romans privilégient le cadre et l'atmosphère et présentent de merveilleuses galeries de personnages hauts en couleur... Au détour d'une phrase, d'un dialogue ou d'un type de personnage, les amateurs pourront reconnaître la patte du Grand Maître.

Patrick Dusoulier
La Bresse, 2016

Le temps a passé, et les quatre premiers « mystères » inédits en français ont été publiés en 2016. Voici donc maintenant le cinquième, *Le Masque de chair*, paru en 1957 chez Mystery House, New York, sous le titre *Take My Face* et le pseudonyme de Peter Held. Le Projet VIE l'a republié en 2002 sous le titre *The Flesh Mask*, celui que Jack Vance souhaitait. Il s'agit de son premier roman policier, qui a une histoire curieuse : Vance avait écrit en 1948 un roman intitulé *Cold Fish*, dont le manuscrit a été perdu. C'est en s'inspirant de ce roman qu'il a écrit celui que vous allez lire, où vous retrouverez en germe des éléments vanciens récurrents tels que le héros surmontant les coups du sort, l'injustice et la cupidité, ou encore le thème de la vengeance. Bonne lecture !

Patrick Dusoulier
Courbevoie, 2017

CHAPITRE I

Robert Struve, âgé de treize ans, ne différait de ses camarades que par de menus détails. Comme les autres, il lisait des illustrés, portait des jeans et des chemises de sport.

Son père, Bradley, était mort. Il vivait avec sa mère, Elsbeth, au premier étage d'une petite maison. Elsbeth Cranleigh était d'une bonne famille de Philadelphie, blonde, très mince, de teint plutôt pâle. En 1928, Bradley – qui se présentait comme un soldat de fortune – n'avait eu aucun mal à la séduire en lui parlant de richesses et d'aventures fabuleuses. Elsbeth l'avait cru sur parole, mais après leur mariage, il n'y eut rien de la romance et de la gaieté qu'elle avait espérées. Pendant plusieurs années, Bradley vendit des biens immobiliers à Los Angeles, puis en 1934, il emmena Elsbeth et Robert, qui avait alors quatre ans, à San Giorgio, à cent kilomètres au nord de San Francisco. Il vendit des aspirateurs pendant deux ans, travailla brièvement pour un institut de sondage, et reprit son ancienne activité d'agent immobilier. Il avait du bagout, un rire débonnaire, une moustache dans le style de Los Angeles et un répertoire d'une centaine d'histoires salées, mais ses affaires n'étaient guère florissantes.

Les illusions d'Elsbeth se dissipèrent, mais elle continua de s'accrocher à ses espoirs.

Quand Robert eut huit ans, Bradley réussit à se faire embaucher comme contremaître de nuit à l'entrepôt de San Giorgio. Il tint le poste trois mois, jusqu'à ce que Darrell Hovard le trouve ivre sur son lieu de travail pour la deuxième fois en quinze jours. Hovard le renvoya sur-le-champ. Fou de rage, Bradley fonça sur l'autoroute, et dans le virage dit de l'Homme Mort, il s'encastra sous un camion chargé de troncs d'arbre.

Elsbeth s'adapta rapidement à son veuvage. Elle n'avait pas épousé Bradley, mais l'idée qu'elle s'en faisait – fort, joyeux, galant, ingénieux. L'écart entre l'image et la réalité s'effaça avec la mort de Bradley.

— Mon chéri, dit-elle à Robert le lendemain du terrible événement, tu vas devoir être très courageux. Le Bon Dieu nous a pris ton papa.

— Il est vraiment mort, Maman ? Je parie qu'il était saoul.

— Pourquoi dis-tu une chose aussi horrible, Robert ?

Robert resta silencieux.

— Pourquoi, Robert ?

— C'est les autres, avoua-t-il. Ils ont dit que Papa était en train de se tuer à force de boire.

— Mais c'est affreux de dire ça ! s'exclama Elsbeth. Ton papa était l'un des hommes les plus merveilleux qu'il y ait jamais eu sur terre !

Robert ne dit rien. Elsbeth poursuivit de sa voix douce :

— Tu dois toujours t'en souvenir, mon Robert chéri. Et maintenant que Papa est parti – tu vas devoir être l'homme de la maison. Tu devras être fort et courageux, et aider ta Maman.

Robert avait la gorge serrée et les yeux remplis de larmes.

— Je le serai, Maman. Je ferai tout ce que tu voudras.

Et c'est ainsi que Robert devint l'homme de la famille. Ce rôle n'était pas une sinécure. Elsbeth travaillait chez Hegenbels, le grand magasin le plus important de San Giorgio, pour un salaire à peine suffisant. Robert apprit qu'il devait gagner de l'argent le plus tôt possible. Il apprit aussi que « pour réussir dans la vie, il faut être déterminé et serrer les dents ! »

Robert était un beau garçon, avec des cheveux noirs, des yeux noisette pleins d'innocence, un joli teint frais. Il ne jouissait d'aucun prestige particulier parmi ses contemporains. Il n'était ni laid comme Grant Hovard, ni obèse comme Ducky Scheib ou agressif comme Jim Smith. Il n'avait pas la grosse voix ni l'entrain de Ziggy Gordon, ni l'intrépidité fougueuse de Carr Pendry.

Il commença par s'acheter un vélo avec ce qu'il gagnait en livrant le journal, et donna tout par la suite à Elsbeth, qui alimentait ce qu'elle appelait sa « cagnotte pour l'université ».

Carr Pendry distribuait lui aussi le journal à des abonnés. Son père publiait le *Herald-Republican* de San Giorgio, et avait décidé que son fils démarrerait tout en bas de l'échelle.

Carr, qui avait un an de plus que Robert, possédait un scooter qu'il l'autorisait parfois à conduire. Dans ces occasions, Robert livrait les journaux de Carr aussi bien que les siens.

La tournée de Carr incluait Jamaica Terrace, un quartier très huppé où résidaient dans de grandes demeures anciennes les Hovard, les Pendry, les McDermott, les Cloverbolt et les Hegenbels. Chaque fois que Robert passait par là en livrant les journaux de Carr, il se disait qu'un jour, sa mère et lui auraient eux aussi une maison à Jamaica Terrace.

Et puis la grosse Cadillac de Darrell Hovard, avec la petite Julie Hovard assise sur les genoux de son père et tenant le volant, surgit à travers Jamaica Arch tel un monstrueux scarabée et percuta Robert sur son scooter.

Le scooter bascula dans le caniveau. La tête de Robert heurta le macadam. De l'essence se répandit sur lui, sur son visage, et prit feu.

Darrell Hovard tint Julie serré contre lui pour qu'elle ne voie pas Robert Struve, gémissant et affreusement brûlé, quand on l'embarqua dans l'ambulance.

— Chut, murmura-t-il. Ne dis rien. On rentre à la maison. (Et il ajouta en lui-même :) Dieu merci, je suis assuré.

* * *

L'expert des assurances se rendit à l'hôpital. Il s'appelait Edward D. Cooley, et c'était un jeune homme mince aux cheveux en brosse. Il trouva Elsbeth dans le couloir devant la chambre de Robert. Le médecin lui avait promis de lui fournir dans quelques minutes un rapport sur l'état de santé de son fils, et c'est à peine si elle remarqua Edward Cooley quand il s'assit à côté d'elle.

— Une terrible affaire, dit-il.

Elsbeth le regarda sans vraiment le voir. Elle avait l'impression d'être dans un brouillard.

— Naturellement, poursuivit Cooley, vous n'avez aucun souci à vous faire concernant les factures d'hôpital. Nous prendrons entièrement en charge ce traitement d'urgence.

Elsbeth commençait à mieux distinguer ce jeune homme aux traits incisifs. Il semblait grave et concentré.

— Qui êtes-vous ?

— Je représente la compagnie d'assurances. Je suis venu vous aider à éclaircir la situation.

— Ah, fit Elsbeth. Je ne sais encore rien de ce qui s'est passé, sauf que Robert a eu un accident de scooter et que Mr Hovard l'a amené ici.

— Oui, c'est bien ça. L'assurance de Mr Hovard couvre les circonstances, et nous sommes d'accord pour nous occuper des frais d'hospitalisation de Robert. Mais nous aurons besoin de votre autorisation pour régler la facture, une décharge.

— Oh, oui, bien sûr, dit Elsbeth en riant nerveusement.

— Et donc – voyons un peu –, je dois avoir un formulaire quelque part, dit Edward Cooley en fouillant dans la poche de sa veste. Voilà. Il vaut mieux que vous signiez ce papier… juste là.

Elsbeth prit le stylo qu'il lui tendait.

Le médecin sortit de la chambre de Robert en compagnie d'une infirmière, avec qui il entama un conciliabule à voix basse. Elsbeth rendit le papier et le stylo à Cooley et se leva d'un bond. Mais avant qu'elle n'ait pu parler au médecin, celui-ci s'éloigna précipitamment.

— Mrs Struve ? dit l'infirmière.

— Oui… Robert – est-ce que je peux le voir ?

— Non, fit l'infirmière en secouant la tête, il est sous sédatifs. Il ne vous reconnaîtrait pas, et franchement, Mrs Struve, je ne crois pas que ce serait une bonne chose en ce moment.

— Est-ce qu'il est… Est-ce qu'il…

— Non, non… Il va s'en sortir, mais il a de très graves brûlures… Vous feriez sans doute mieux d'attendre un jour ou deux.

Elsbeth jeta un coup d'œil vers la porte blanche, à présent désespérément fermée.

— Il n'aura pas de séquelles, dites-moi ? demanda-t-elle d'une voix hésitante.

— Nous ferons de notre mieux, Mrs Struve…

Elsbeth se détourna. Edward Cooley s'approcha :

— Tout ce dont j'ai besoin, c'est de votre signature sur cet accord, pour que nous puissions nous occuper de toutes les factures.

— Je vous en prie, dit Elsbeth, pas maintenant.

Cooley la suivit.

— Mais, Mrs Struve…

— Je ne veux rien signer tant que je ne l'aurai pas lu…

Edward Cooley repartit dans Conroy Avenue pour se rendre à Jamaica Terrace. Apercevant Carr Pendry en train d'examiner l'épave de son scooter, il s'arrêta et descendit de voiture.

— Un sacré accident, dit-il.

— Oui, dit Carr. C'est tout ce qui reste de mon scooter. Il était quasiment neuf.

— J'imagine que vous êtes assuré ? demanda Cooley en souriant.

Carr secoua tristement la tête.

— Non, mais le vieux Hovard a une assurance, lui. À condition qu'elle soit bonne.

— Toutes les assurances sont bonnes, déclara Cooley.

Carr le regarda d'un air sceptique.

— Même quand c'était sa petite fille qui conduisait ?

Cooley eut soudain l'expression attentive d'un héron repérant un petit poisson.

— Qu'est-ce que vous dites ?

— J'ai dit « même quand c'était sa petite fille qui conduisait ».

— Tiens, tiens… fit Cooley. La petite fille conduisait ?

— Oui, le vieux Hovard la laisse conduire tout le temps. Il la laisse faire tout ce qu'elle veut.

— Tiens, tiens…

Cooley remonta dans sa voiture.

Il sonna chez les Hovard, et une domestique noire vint lui ouvrir.

— Oui, monsieur ?

— Mr Darrell Hovard, s'il vous plaît.

— Vous avez rendez-vous ? Mr Hovard ne se sent pas très bien.

— Je suis Edward Cooley, des Assurances Magna. Mr Hovard nous a informés d'un accident.

— Je vais voir s'il est là.

Mr Hovard était là. La domestique conduisit Cooley le long d'un couloir aux carrelages rouges, puis ils franchirent une série de portes vitrées pour traverser le salon, la salle à manger et la bibliothèque. En passant devant un magnifique escalier en colimaçon menant à l'étage, Cooley vit Julie assise sur la troisième marche, les bras serrés autour des genoux.

— Hello, ma puce, dit Cooley.

Julie tourna la tête pour le regarder passer. C'était une merveille d'enfant. On aurait dit un ange : vive, pleine d'entrain, et affreusement gâtée. La perfection de son teint reflétait la meilleure alimentation qui soit, le lait le plus pur, les savons les plus délicats. Ses vêtements étaient frais et propres comme du pop-corn.

La domestique ouvrit une baie vitrée donnant sur la terrasse derrière la maison.

— C'est le monsieur des assurances, Mr Hovard.

Hovard était assis sur une chaise blanche en fer forgé, sous une tonnelle de vigne vierge. Les feuilles au-dessus de sa tête étaient d'un vert brillant, et les reflets du soleil sur la piscine dansaient sur son visage telles des pièces d'or. C'était un homme imposant, aux cheveux châtains et aux yeux très écartés. Il haussa les sourcils.

— Mr Cooley, c'est ça ?

— Tout à fait. (Cooley tira une chaise et s'assit.) Mr Hovard, j'ai étudié cette affaire en détail, et j'ai bien peur que la situation ne soit pas aussi simple que ça. Particulièrement dans la mesure où elle implique votre petite fille.

— Qu'est-ce que Julie a à voir dans tout ça ?

— Eh bien… après tout, c'est elle qui conduisait.

— Elle conduisait ? répéta Hovard en fronçant les sourcils d'un air hésitant.

— Elle conduisait la voiture quand elle a percuté Robert Struve.

— C'est complètement absurde ! lança sèchement Hovard.

Cooley hocha lentement la tête.

— Ce n'est donc pas elle qui guidait la voiture quand elle a heurté Robert Struve ?

— J'ai dit qu'elle ne conduisait pas ! Elle tenait peut-être le volant. Enfin, elle jouait à le tenir.

— Je vois… Ma foi, Mr Hovard, nous ne sommes pas des gens déraisonnables, mais… vous devez connaître les clauses de votre police d'assurance.

— Absolument, Je suis assuré contre tous les risques possibles et imaginables !

Cooley posa un livret sur la table.

— Je ne veux pas me montrer difficile, Mr Hovard, mais cette police n'assure votre couverture que si le véhicule est sous la maîtrise d'un conducteur possédant un permis en règle.

— Voulez-vous que je vous montre mon permis ?

Cooley sourit.

— C'est celui de votre petite fille que je voudrais voir.

— Elle n'a rien à faire là-dedans. J'étais assis sur le siège du conducteur – avec une parfaite maîtrise de la voiture.

— Je suis vraiment désolé, Mr Hovard. La question de la responsabilité semble reposer sur l'identité de la personne qui contrôlait la voiture, vous ou votre fille. J'ai parlé à des témoins qui s'accordent à dire que votre fille tenait le volant.

— C'est un fichu mensonge ! s'écria Hovard, soudain très pâle.

— C'est bien possible, dit poliment Cooley, mais les apparences semblent indiquer qu'il en est autrement. Vous devez comprendre, Mr Howard, que nous ne pouvons endosser la responsabilité de ce qui pourrait bien être un cas de négligence criminelle.

Hovard commença à se lever lentement de sa chaise.

— Vous insinuez que je suis un criminel ?

Cooley sortit un paquet de cigarettes de sa poche d'un air insouciant.

— Si Robert meurt… vous pourriez être poursuivi pour homicide involontaire.

Howard se laissa lourdement retomber sur son siège.

— Il ne va pas mourir.

— Qui ne va pas mourir, Papa ? demanda Julie derrière eux.

— Personne, ma chérie… Allez, va jouer.

Julie disparut à l'intérieur de la maison.

— Une enfant très mignonne, dit Cooley. Dommage qu'elle se trouve mêlée à cette affaire.

Hovard le foudroya du regard.

— Elle ne sait rien. Et je vais faire en sorte qu'elle ne le sache jamais.

Cooley hocha la tête et s'apprêta à prendre congé.

— Eh bien, voilà, Mr Hovard. C'est tout. Navré de ne pas pouvoir vous donner de nouvelles plus réjouissantes.

— Attendez deux secondes ! Vous voulez dire que vous refusez de faire jouer mon assurance ?

Cooley haussa les épaules et se leva.

— Il ne faut pas m'en vouloir, Mr Hovard, mais telle est la situation.

— Moi, je vais vous dire une chose : si vous croyez que ça va en rester là, vous vous trompez lourdement. Je vais vous faire un procès !

— C'est à vous de voir, Mr Hovard.

Cooley salua poliment et s'en alla.

* * *

Darrell Hovard décrocha son téléphone avec une grimace de dégoût.

— Darrell Hovard, à l'appareil.

— C'est Mrs Struve, dit Elsbeth. (Elle appelait d'une cabine dans la salle d'attente de l'hôpital.) Je suis la mère de Robert.

— Ah, oui, Mrs Struve.

— J'ai parlé avec le monsieur des assurances, et il me dit qu'ils ne sont pas responsables…

— Bien sûr qu'ils sont responsables ! Ne les croyez pas s'ils vous disent autre chose !

D'une voix hésitante, Elsbeth demanda :

— Vous ne pensez pas que c'est plutôt *vous* qui devriez régler cette affaire avec eux ? Il faut que quelqu'un paye la note du médecin. Et j'ai eu une estimation des frais de chirurgie réparatrice… C'est effrayant comme tout ça va coûter cher !

— Ma foi, dit Hovard avec lassitude, je ne vois vraiment pas ce que je peux faire. J'ai toujours scrupuleusement payé mes primes. De la façon dont je vois les choses, cette question est dans les mains de la compagnie d'assurances.

Les yeux d'Elsbeth, déjà douloureux d'avoir tant pleuré, étaient à présent parcourus d'élancements.

— Dites-moi, Mrs Struve, à combien se montent les factures d'hôpital ?

— Avec toute la chirurgie réparatrice et les soins, ils disent qu'il y en aura pour deux ou trois mille dollars – et nous n'avons pas les moyens.

— Non, bien sûr, s'empressa de dire Mr Hovard. Évidemment, si je n'étais pas assuré, il n'y aurait aucun problème – mais maintenant, ils essaient de se défausser, et cela, je ne peux l'accepter.

— Ils disent que c'était votre petite fille qui conduisait. Ils disent que c'est à vous que je dois m'adresser.

— C'est parfaitement ridicule, Mrs Struve, et vous le savez aussi bien que moi.

— Je crois que je ferais mieux de voir un avocat, dit Elsbeth.

— Faites ce qui vous semblera nécessaire, Mrs Struve.

CHAPITRE II

Elsbeth prit un avocat du nom de Albert A. Marschott, sur la base d'un partage moitié-moitié des éventuelles indemnités obtenues. Marschott se rendit à l'hôpital, où il serra la main de Robert et jeta un coup d'œil sous les pansements, à la suite de quoi il assura Elsbeth que cinquante mille dollars ne serait pas une somme déraisonnable à exiger. Il ajouta une marge de sécurité et aboutit à un total de 75 221 $, et enregistra une plainte contre Darrell Hovard pour ce montant.

À son tour, Hovard intenta une action contre les Assurances Magna pour 86 000 $. Les dix mille dollars supplémentaires étaient destinés à couvrir les frais qu'il pourrait encourir lui-même dans la conduite de cette affaire. Il se disait que cela lui donnerait une bonne position pour marchander.

Il avait raison. Harvey Dittle, directeur régional des Assurances Magna, examina le rapport de Cooley, puis il le fit venir dans son bureau.

— À propos de l'affaire Struve. Le gamin conduisait un scooter quand il a été renversé ?

— C'est ça.

— Je vois là qu'il a treize ans. Il n'avait donc pas de permis.

— Non, mais en général, la police ferme les yeux sur les gamins à scooter.

Dittle lança un regard mauvais à Edward Cooley.

— Ils ne fermeront pas les yeux si ça nous coûte quatre-vingt six mille dollars ! (Il reposa sèchement le dossier sur son bureau.) Essayez de trouver un arrangement avec Mrs Struve. Expliquez-lui que ses chances de gagner contre Hovard sont faibles. C'est une question de torts partagés. Par exemple, c'est peut-être Robert qui est rentré dans la Cadillac – qu'est-ce qu'elle en sait ? Si ça se trouve, c'est peut-être Hovard qui obtiendra un jugement en sa faveur. Et là, elle sera dans de beaux draps…

— Je vois.

— Tâtez le terrain pour un accord à l'amiable, en liquide. Ne la laissez surtout pas se rapprocher de son avocat, il demandera la lune.

* * *

Quand Cooley rencontra Elsbeth pour la seconde fois, il la trouva profondément démoralisée. L'hôpital exigeait de l'argent, et elle n'avait pas un sou. L'année scolaire avait commencé – Robert devait rentrer au lycée pour son premier semestre. Maintenant, il allait devoir attendre le mois de janvier. Marschott était certain de gagner le procès, et Elsbeth ne demandait qu'à le croire, mais au fond d'elle-même, elle pensait que c'était impossible. Elle avait l'impression d'errer depuis des années dans ces couloirs d'hôpital, à respirer l'air chargé d'antiseptique et essayer de ne pas étouffer tant elle se faisait du souci. Cinquante mille dollars ? Un rêve impossible.

Elle opposa très peu de résistance à Edward Cooley. En fait, elle trouva même une étrange satisfaction en l'aidant à la duper. Elle déploya des arguments sans valeur et n'émit aucune protestation quand Cooley les balaya d'un revers de manche. N'importe quoi pour en finir, pour que Robert rentre à la maison ! Une grande compagnie comme les Assurances Magna ne saurait abuser de sa confiance, n'est-ce pas ? Bien sûr que non, répondit Cooley. Un avocat réaliste lui conseillerait de conclure un arrangement à l'amiable, selon des termes raisonnables.

— Nous paierons toutes les factures d'hôpital que vous avez eues jusqu'ici, et mille dollars supplémentaires pour tenir compte des frais divers – la chirurgie réparatrice, ce genre de choses.

Elsbeth eut un dernier élan de rébellion :

— Mille dollars, ça ne couvrira même pas la première étape !

— Eh bien, dit Cooley, je crois pouvoir convaincre Dittle de monter à mille deux cent cinquante. En fait, c'est cette somme que je vais inscrire dans le document, même si je dois me faire mettre à la porte pour ça !

— C'est très gentil de votre part, dit Elsbeth d'une voix faible.

Et elle signa là où Cooley lui dit de signer.

Quand Elsbeth téléphona à Albert Marschott, il eut du mal à maîtriser sa voix. Au bout d'un moment, il dit à Mrs Struve qu'elle avait parfaitement le droit de gérer ses affaires comme elle l'entendait. Il ajouta un « Bonne journée » et raccrocha. Elsbeth se sentit perdue, désemparée et très seule. « Mon Dieu, qu'ai-je fait… » murmura-t-elle.

* * *

Le chèque de 1 250 $ fut déposé dans la « cagnotte pour l'université » de Robert. Pendant le séjour de son fils à l'hôpital, Elsbeth n'avait travaillé qu'à temps partiel, et elle fut obligée d'en emprunter une partie.

Robert finit par rentrer chez lui. Son visage avait cicatrisé, mais Elsbeth devait réprimer un petit cri chaque fois qu'elle le regardait. Était-ce vraiment son Robert, l'adorable petit garçon qui était tout ce qu'elle avait au monde ? Sa bouche était étirée sur le côté, sa joue gauche ressemblait à un plat de cervelle. Au-dessus de la bouche, on voyait une légère protubérance avec deux trous noirs pour les narines. Les sourcils, qui avaient été complètement brûlés, repoussaient dans tous les sens. Le front était resté intact. Au fond des orbites, les yeux semblaient effarés et anxieux.

Robert refusa de sortir de l'appartement. Il s'enferma dans sa chambre, stores baissés.

— Je ne sortirai jamais, dit-il. Plus jamais… Tout le monde me regarde. Je suis un monstre.

Elsbeth finit par lui dire :

— Seul un lâche se soucie de ce que les autres pensent, Robert. C'est la pire sorte de lâcheté. Un homme qui fuit le danger fait preuve de sagesse, mais celui qui fuit devant ce que les gens pensent, alors qu'il sait qu'il a raison, celui-là n'est pas vrai vis-à-vis de lui-même.

— Bon, fit Robert en regardant tristement par la fenêtre. D'accord, je vais essayer.

Il enveloppa son visage d'un bandage et se rendit au supermarché avec Elsbeth. Personne ne fit attention à lui, et Robert reprit courage.

Une semaine plus tard, il se remit à distribuer le journal. Il continuait de se couvrir le visage, mais de façon plus légère. Le quatrième jour, il aperçut Carr Pendry qui rentrait du lycée à vélo. Celui-ci lui fit de grands signes, et Robert s'arrêta. Carr le rejoignit.

— Salut, dit Robert.

— Salut. (Carr semblait intéressé par le pansement.) On m'a dit que tu étais sorti de l'hôpital. Comment tu te sens ?

— Ça va.

Carr hocha la tête. Il était solidement bâti, avec un visage carré et une masse de cheveux blonds. Il demanda tout à trac :

— Alors, et mon scooter ?

— Quoi, ton scooter ? fit Robert, interloqué.

— Il est démoli, non ?

Robert n'eut rien à répondre.

— Il paraît que les assurances t'ont versé un gros paquet, reprit Carr. Mon père dit que tu es responsable des dégâts.

Robert jeta un regard hésitant autour de lui.

— Je ne vais pas payer alors que je n'y suis pour rien.

— Mais c'est toi qui étais dessus ! lança Carr qui commençait à s'échauffer.

— Je suis désolé. Mr Hovard m'est rentré dedans. Je ne vais pas payer pour les dégâts qu'il a faits. Surtout quand c'était Julie Hovard qui conduisait.

Carr fit une grimace amère.

— Voilà ma récompense, quand je prête mes affaires à d'autres gars.

— Je livrais les journaux à ta place. Ça aurait pu être toi !

Carr sembla surpris.

— Je n'y avais pas pensé… C'est vrai, j'ai sans doute eu de la chance.

— Moi pas.

Carr se pencha vers Robert pour examiner le pansement.

— Tu as été salement brûlé ?

— Ouais.

Carr avança d'un pas.

— Montre-moi un peu.

— Il n'y a rien de spécial à voir, dit Robert en se détournant pour remonter sur son vélo.

— Allez, montre-moi.

Robert secoua la tête.

— Attends qu'on m'ait fait la chirurgie réparatrice.

— Ce sera quand ?

— Je ne sais pas. Très bientôt.

— Hey, Grant ! lança Carr. Viens par ici !

Grant Hovard les rejoignit. Il avait quinze ans, et c'était une grande perche à la tête ronde comme son père, avec des cheveux noirs coupés très court qui lui faisaient comme un casque de feutrine. Il avait de gros yeux globuleux.

Il s'adossa à un acacia qui poussait sur le bord du trottoir.

— Salut, Grant, fit Robert en enjambant le cadre de son vélo.

— Attends deux secondes, dit Carr.

Robert serra les poignées de son guidon. Carr était connu pour son impulsivité. La rumeur courait qu'il frappait sa sœur Diane lors d'accès de colère.

— Qu'est-ce qui se passe ? demanda nonchalamment Grant Hovard.

— Robert me parlait à l'instant de son accident, expliqua Carr. Qu'est-ce que tu penses d'un type qui bousille le scooter d'un autre et qui refuse de le rembourser ?

Grant haussa simplement les épaules tout en regardant Robert du coin de l'œil.

— Il dit que c'est Julie qui lui est rentrée dedans.

— C'est idiot, dit Grant.

Une lueur dangereuse brillait dans les yeux de Carr.

— Il dit qu'il est encore plus laid que toi.

— C'est peut-être vrai, dit Grant. Mais il va falloir qu'il le prouve.

— Bon, ça suffit, dit Robert qui sentait ses veines battre sous ses cicatrices. Je dois livrer mes journaux.

Il repoussa Carr qui se tenait devant son vélo, mais Grant intervint :

— Attends un peu. Tu veux dire que tu es plus laid que moi ?

— Ça m'est complètement égal, répondit Robert d'une voix tendue.

Carr éclata d'un rire moqueur.

— On devrait vérifier ça, tu ne trouves pas, Grant ?

— Oui, j'ai un titre à défendre, dit Grant (malgré la répugnance qu'il commençait à ressentir à aller plus loin). Jetons un coup d'œil.

.Robert tenta de s'éloigner à coups de pédale, mais Grant le retint par derrière en le saisissant sous les bras. Le vélo bascula et ils tombèrent tous les deux dans l'herbe entre le trottoir et la chaussée. Carr agrippa le pansement et l'arracha.

Ils regardèrent le visage de Robert. Carr lâcha le pansement comme s'il était infecté. Grant se releva et recula d'un pas.

Robert se sentit tout à coup une personne différente – fort et rapide comme le vent. Il saisit la pompe accrochée au cadre du vélo de Carr, et il se releva d'un bond.

— Fais attention, marmonna Grant.

Carr trébucha. Robert lui asséna un coup sur l'oreille, puis il tenta de frapper Grant à la volée, mais celui-ci réussit à esquiver.

Carr essaya de se relever. Robert le frappa à nouveau, et Carr retomba à genoux. Robert allait encore le frapper quand Grant lui arracha la pompe des mains. Robert se rua sur lui et le précipita contre la clôture.

Grant poussa un cri de douleur et réussit à se dégager.

Carr s'avança en chancelant. Robert lui décocha un coup de poing dans le nez et le sang gicla. Voyant Grant s'approcher avec la pompe, il courut vers lui, et Grant recula en haletant.

— Tu ferais mieux de faire gaffe ! dit Grant en brandissant la pompe. Tu vas y avoir droit !

Robert regarda Carr, qui se tenait un mouchoir sur le nez. L'espace de quelques secondes, il y eut un étrange silence… puis Robert alla récupérer son vélo, il l'enfourcha et s'éloigna.

Ce n'est qu'une cinquantaine de mètres plus loin qu'il se souvint de son bandage. Il éclata de rire. Son visage était nu, et c'était comme si son corps entier l'était aussi. Il se sentait d'une puissance infinie. Son visage en était responsable : il lui donnait une force effrayante.

Il ne porta plus jamais de bandage.

Dans les derniers jours d'octobre, Elsbeth et lui se rendirent à l'hôpital du comté. La « cagnotte pour l'université » avait fondu, et il n'y restait plus que 850 $.

Le Dr Sunderland examina le visage de Robert.

— Ça cicatrise très bien. Tu as des tissus très solides, Robert.

— Et pour la chirurgie réparatrice ? demanda Elsbeth.

Le médecin se cala dans son fauteuil.

— Très franchement, Mrs Struve, c'est une très grosse opération – un travail de spécialiste. Il ne s'agit pas simplement de faire des greffes de peau. Il faut aussi remodeler entièrement le visage. Je vous suggère de consulter Banberry, à San Francisco. Le Dr Felix Banberry. C'est le meilleur dans ce domaine.

— Il coûte cher ? demanda timidement Elsbeth.

Le Dr Sunderland eut un bref sourire.

— Tout travail de ce genre coûte cher. Vous pourriez essayer la clinique du comté – mais évidemment, ils sont déjà débordés avec les urgences.

Elsbeth se leva.

— Merci, Dr Sunderland.

Ils descendirent au sous-sol, où se trouvait la clinique. L'infirmière était occupée à remplir des formulaires. Elsbeth eut l'impression qu'elle ne l'écoutait que d'une oreille.

Elle exposa le problème. L'infirmière jeta un coup d'œil aux vêtements d'Elsbeth, bon marché mais soigneusement choisis.

— Vous êtes sans ressources ?

Elsbeth réagit vivement au ton de l'infirmière.

— Nous ne sommes pas pauvres, nous…

L'infirmière l'interrompit.

— Je peux inscrire votre nom sur la liste, mais il faut compter deux mois d'attente. De plus, vous devez savoir que le garçon sera immobilisé : il devra rester au repos pendant des mois.

— Mais il entre au lycée ! protesta Elsbeth. On ne peut pas faire ça les week-ends ? Ou le soir, après les cours ?

L'infirmière secoua la tête.

— Non, madame.

Elsbeth donna son nom, et ils rentrèrent à la maison. Robert n'avait jamais vu sa mère comme ça : elle semblait si vieille… Il fit les cent pas dans le salon, en tripotant les bibelots en porcelaine qu'Elsbeth trouvait si mignons – chatons malicieux, cerfs majestueux, écureuils, chiots… Elsbeth dit enfin :

— Je ne sais pas quoi faire. Je ne sais vraiment pas quoi faire…

— Je ne veux pas aller à l'hôpital.

Elsbeth secoua la tête.

— Mais il faut que tu y ailles, Robert ! (Elle réfléchit.) Si je pouvais me trouver un bon travail en ville, nous serions près du médecin.

— J'ai mon journal à livrer.

Elsbeth se leva brusquement et le serra dans ses bras, les larmes coulant sur son visage.

Le téléphone sonna. C'était Mrs Agnes Sadko, la responsable administrative chez Hegenbels. Elle demanda d'un ton distant :

— Vous êtes sûre de venir au bureau demain ?

— Absolument, Mrs Sadko.

— Très bien, Mrs Struve. Nous vous verrons demain matin.

Le lendemain, Mrs Sadko prit Elsbeth à part.

— Mrs Struve, je sais que vous venez de vivre des moments très difficiles, et vous avez droit à toute notre sympathie. Mais cela a nui au travail de notre service. Nous allons devoir trouver un arrangement.

Elsbeth sentit son cœur battre plus fort.

— Un arrangement ?

Mrs Sadko s'éclaircit la gorge.

— Il faut que le travail soit fait. C'est pour ça que nous sommes là. Nous avons pris du retard.

Elsbeth poussa un grand soupir.

— Je crois que le pire est derrière nous. Robert va bien, maintenant. Nous avons décidé d'attendre avant d'envisager une chirurgie réparatrice.

Mrs Sadko hocha la tête.

— Ma foi, je suis heureuse de savoir que vos affaires s'arrangent.

Chapitre III

En janvier, Robert entra au lycée. Elsbeth s'était inventé une fiction selon laquelle rien n'était vraiment arrivé, et que Robert était un garçon comme les autres.

Si Robert n'était pas particulièrement joyeux, au moins il ne se morfondait pas. Il s'inséra sans effort dans la routine scolaire, et s'appliqua à ses études avec une concentration remarquable. Il n'avait jamais été du genre à se confier, et il était à présent fermé come une huître.

Au cours du deuxième semestre, à la grande surprise d'Elsbeth – et malgré sa vague désapprobation –, Robert décida de jouer au football. Équipé d'une sorte de masque d'escrime, il se mit à s'entraîner avec la même ardeur que celle qu'il mettait à son travail scolaire. Il fut évident dès le départ qu'il se qualifierait pour la Ligue Junior.

Les quarterbacks de la LJ étaient Alonzo Sanguarez, un Mexicain en première année, et Carr Pendry, un deuxième année qui avait une saison de football d'avance sur Robert. Alonzo était rapide et habile au maniement du ballon. Carr était astucieux, intrépide et sûr de lui. Le coach les considérait comme à peu près de niveau égal.

Carr joua dans le premier match de la saison, contre Calmetta. Au bout de deux minutes, il fut facile de voir que Carr n'avait pas l'intention de laisser Robert briller. Pendant le premier quart-temps, il fit strictement des passes à son ailier gauche Ron Caffrey, ou à l'arrière Jim Smith, ou tenta des lancers de loin. Pendant ce temps, Robert plaquait, bloquait et déviait.

Le match n'était pas en faveur de San Giorgio. Les joueurs de Calmetta étaient solides et costauds. Ils interceptèrent une des passes de Carr et marquèrent un essai. Au début du deuxième quart-temps,

Carr fit une passe en ligne à Robert, qui attendait ce moment depuis le début. Quand le ballon toucha ses mains, ce fut comme un détonateur. Les bras et les jambes des joueurs de Calmetta semblèrent fondre devant lui. Personne ne pouvait l'arrêter. Essai.

Robert éprouvait une joie intense, heureux mais nullement surpris. Carr entreprit de démontrer que Robert avait simplement eu de la chance, et il lui fit six passes de suite. Quatre fois, Robert s'échappa pour un important gain de territoire. Les deux autres fois, il marqua un essai.

Carr arrêta de lui passer le ballon, cherchant plutôt à l'éclipser par une série de passes brillantes… mais qui furent interceptées à deux reprises, dont l'une se conclut par un nouvel essai de Calmetta.

À la mi-temps, le coach donna à Robert une grande tape dans le dos :

— Beau travail, gamin. Mais fais attention de ne tuer personne sur le terrain.

Pendant le troisième quart-temps, Alonzo Sanguarez entra comme quarterback, et Robert marqua deux autres essais.

L'équipe fit une superbe saison, remportant tous ses matchs à l'exception de celui contre Paytonville. La désapprobation initiale d'Elsbeth se transforma en fierté. Elle proposa d'organiser une fête pour l'équipe, mais Robert rejeta l'idée avec une brusquerie qui la laissa perplexe.

La chirurgie réparatrice restait un projet pour le moyen terme. La clinique n'appelait jamais pour un rendez-vous, et Elsbeth s'abstenait de la relancer : elle ne voulait pas se montrer importune.

La saison de football prit fin, puis Noël passa, et le semestre de printemps se termina. Elsbeth décida de faire quelque chose pour le visage de Robert pendant les vacances. Mais début juin, on proposa à Robert un job d'été comme magasinier chez Hegenbels, qu'il accepta. Elsbeth fut mal à l'aise, mais vaguement soulagée. Après tout, ils n'avaient pas vraiment l'argent nécessaire pour des opérations.

Ce fut la fin de l'été, et Robert commença son quatrième semestre. Ses notes continuèrent d'être excellentes. Il fut admis dans la Fédération des bourses d'études de Californie, et le proviseur discuta avec lui des différentes opportunités. Robert était intéressé, mais restait assez vague : il n'avait pas d'idée précise de son avenir. Et puis il y avait toujours cette chirurgie réparatrice qu'il faudrait bien réaliser un jour ou l'autre. Il jouait comme ailier dans l'équipe première, et Carr était le quarterback de réserve après Harold Garrow. La ligne de joueurs était faible, et la concurrence forte. San Giorgio fit une mauvaise saison, ne gagnant que deux matchs sur huit.

Un autre Noël, un autre semestre de printemps. Grant Hovard obtint son diplôme. L'été s'écoula.

Le semestre d'automne commença. Grant Hovard alla à Stanford, pour une année de préparation aux études de médecine. Carr était en terminale, sa jolie sœur, Diane, entrait en troisième, et Julie en quatrième.

Une autre saison de football commença et passa. San Giorgio se trouva ex-æquo avec Paytonville en tête de la ligue, et Robert acquit une certaine réputation dans le comté. Il était connu sous le nom de « Le Visage » ou « L'Homme Sans Visage », parfois comme « Le Merveilleux Masque de Fer », et une fois, dans une rubrique sportive, comme « Le Loup Rouge de San Giorgio – quand il ne pulvérise pas ses adversaires, il les paralyse de peur. »

La plus jolie fille du lycée était Cathy McDermott, qui était en troisième. Elle était mince et merveilleusement bien faite. Ses cheveux couleur café lui descendaient jusqu'aux épaules. Elle avait des yeux foncés pleins de poésie. Son père était Ralph McDermott, président et actionnaire principal de l'Association immobilière de San Giorgio. Ils habitaient Jamaica Terrace, à côté des Pendry.

Un jour, Robert prit son courage à deux mains et l'invita à sortir avec lui. Il avait la voix tremblante. C'est avec la même nervosité qu'elle lui répondit qu'elle le remerciait, mais qu'elle était déjà prise. Plus tard, il se trouva qu'en marchant derrière elle dans un couloir, il l'entendit raconter l'épisode à son amie Lucia Small :

— Et qu'est-ce que tu lui as répondu ? demanda Lucia.

— Qu'est-ce que je pouvais répondre ? Je lui ai dit que j'étais prise pour les dix ans à venir.

Elles virent Robert, et se turent aussitôt.

— Salut, fit Robert.

— Salut, dit Cathy d'une toute petite voix.

Carr Pendry, qui passait là, donna à Cathy une petite tape amicale sur les fesses avec ses livres.

— Qu'est-ce qui se passe, ici ? dit-il. Robert essaie de flirter avec ma chérie ?

— Plus ou moins, répondit Robert. Plutôt moins que plus.

Et il s'éloigna.

La confrérie à laquelle appartenait Carr était Rho Sigma Rho, un tout petit peu plus exclusive que Beta Zeta. Pour les filles, il y avait Nu Alpha Tau (les NATs) et Tri-Gamma – connue sous le nom des « Treize à table », parce que c'était le nombre maximum de membres. Les étudiants de première année étaient enrôlés le « jour de pioche », juste avant la fin du semestre d'été, avec la « semaine d'enfer » en septembre, et l'initiation en octobre.

Julie Hovard mit ce système à mal. Elle entra au lycée au début de la dernière année de Robert. C'était une certitude qu'elle serait enrôlée en fin d'année, par les NATs ou les Tri-Gamma. Elle voulait rejoindre les Tri-Gamma. Cathy McDermott, sa meilleure amie, y était déjà retenue, ainsi que Diane Pendry et Lucia Small, la fille du vieux juge Small.

Cathy, Diane et Lucia étaient en seconde, et avaient un ou deux ans de plus que Julie. Diane avait des cheveux blond-roux, des formes voluptueuses et un teint merveilleusement pâle. Elle avait quinze ans, mais en paraissait plus, et elle sortait avec des garçons de l'université.

Lucia avait une vision de l'existence tout à fait différente. Elle était grande, avec une allure aristocratique et une intelligence très vive. Elle avait des cheveux noirs, des yeux brillants, un nez droit. Elle parlait de se spécialiser en psychologie, et projetait d'aller à Radcliffe.

Au cours de l'été, Marian Scheib déménagea pour aller habiter à Pasadena, laissant une place libre chez les Tri-Gamma. Julie décida de profiter de la situation. Elle dit à l'une des membres des NATs qu'elle rejoindrait probablement les Tri-Gamma, et laissa entendre à Anne Bresdick, la présidente des Tri-Gamma, qu'elle avait déjà été sollicitée par les NATs.

Il s'ensuivit une terrible bataille de quatre jours autour de Julie, avec pour résultat qu'elle fut aussitôt enrôlée par les Tri-Gamma.

Julie avait maintenant presque quatorze ans, et c'était l'incarnation même de la jeunesse et de la vitalité. Elle bavardait, riait et s'amusait à des petits jeux. Elle flirtait outrageusement, gaiement, innocemment. Dans la salle d'études, elle était assise non loin de Robert, qui était incapable de la quitter des yeux. Julie flirtait aussi facilement avec lui qu'avec les autres. Quelquefois, Robert se disait qu'elle le faisait même encore plus... Et pourtant... C'était la saison de football. Robert était une célébrité. Il avait été désigné comme l'ailier le plus performant de toute l'histoire de San Giorgio.

« ... étonnant le changement qui s'opère en lui, déclara Bing Burns, le journaliste sportif du *Herald-Republican*. La différence entre un jeune homme réservé et un tigre féroce semble tenir uniquement à une tenue de football. Parce qu'il est tout bonnement impossible d'arrêter Robert Struve. Plus c'est dur, plus dur est Robert. Ce n'est pas qu'il soit grand, ou lourd, ou rapide : il refuse tout simplement de dire non... »

Il avait déjà reçu des propositions de la Californie du Sud, de l'université du Pacifique à Stockton et de l'université du Maryland.

Le 27 septembre, Robert fêta son dix-huitième anniversaire. Elsbeth lui fit un petit gâteau, mit un poulet au four et acheta une bouteille de sauterne* Ils dînèrent aux chandelles, et pour cette grande occasion, Robert but un verre de vin.

Elsbeth le regardait avec affection. Il était solidement bâti, un mètre quatre-vingt sous la toise. Ses cheveux étaient coupés très court. Elsbeth se disait que, si seulement on pouvait refaire son visage, il serait tellement séduisant... Dès qu'il aurait son diplôme – chirurgie réparatrice.

Après le dîner, Robert se rendit dans sa chambre. Pour une fois, ce n'était pas pour étudier. Il examinait une lettre que Barbara Fisher lui avait passée un peu plus tôt dans la journée. Barbara était un personnage important du lycée. Elle avait un petit visage en triangle qui respirait l'insolence, des cheveux de lin bouclés, et ressemblait à un mannequin. Elle faisait partie des Tri-Gamma, les « Treize à table ».

La lettre était courte, et chargée de promesses :

Cher Robert,
    Les Treize à table arrachent le couvercle ! Tu es invité à assister à l'initiation de nos quatre candidates : Lucia Small,

---

* Il ne s'agit pas d'une coquille... Le « sauterne », sans « s », est un vin blanc américain, obtenu par mélange de différents cépages (*N.d.T.*).

Cathy McDermott, Julie Hovard et Diane Pendry. Est-il nécessaire de préciser que cela doit rester un secret entre nous ? Samedi soir, dans la maison des Martin, dans Vinedale Road. Tu sais où c'est. Si tu ne peux pas venir, fais-le-moi savoir.

Robert trouvait la perspective fascinante. Il avait des visions de rites féminins – beaux corps juvéniles – folie – abandon... Julie Hovard... Il eut une crispation à l'estomac. Il n'irait pas. Pourquoi l'invitaient-elles ?

Le lendemain, il se posta à côté du casier de Barbara Fisher pour l'attendre.

— Qu'est-ce qui se passe, dans ce genre d'affaire ? lui demanda-t-il.

Elle lui lança un regard en coin, puis elle s'intéressa à son casier.

— Oh, les trucs habituels. Une initiation. Il y aura une petite fête ensuite. Tu ne veux pas venir ?

— Non, dit Robert. Pas spécialement.

— Le reste de l'équipe est aussi invité, précisa Barbara.

— Ah, fit Robert.

Il avait cru qu'elles voulaient qu'il soit seul là-bas.

— Alors, dit-elle en lui lançant un rapide regard, tu viens ?

— Je ne suis pas tout à fait sûr.

— Quel est le problème ? demanda-t-elle. Tu as peur ?

— Bon, d'accord, fit Robert. Je viendrai.

— Tu est tout à fait sûr, maintenant ?

— Oui.

Barbara hocha simplement la tête et s'éloigna dans le couloir.

Quand Robert se coucha ce soir-là, la vision persista. Il s'endormit en rêvant qu'il dansait avec Julie dans le gymnase, lors d'un de ces bals auxquels il n'allait jamais. La musique s'arrêta. Julie leva les yeux vers lui avec un regard chargé d'une telle signification qu'il sentit son cœur cesser de battre. Il tendit les bras vers elle, mais elle éclata de rire et s'écarta... pour revenir aussitôt vers lui et l'entraîner dehors, vers une grosse limousine garée sous les arbres. Il ouvrit la portière, elle monta dans la voiture, il monta à son tour... Robert se réveilla.

Il avait le cœur battant. Il voulait se rendormir, retourner dans le rêve… Il se tâta le visage. Les cicatrices étaient dures et lisses comme des saucisses.

— Je me demande… murmura-t-il. Je me demande…

Le lendemain, en repensant à son rêve, il observa Julie dans la salle d'études. Il s'attarda sur la courbe des hanches, les petits seins pointant sous le pull. D'une certaine façon, il se sentait maintenant plus proche d'elle. Elle leva les yeux et vit qu'il la regardait. Elle lui fit une petite grimace amicale, en fronçant le nez, et se remit à son travail.

Robert se pencha sur ses livres. À quoi pouvait-elle bien penser ? Savait-elle qu'elle était responsable de son visage ? Elle en semblait parfaitement inconsciente… Avait-elle oublié ? Il releva les yeux et constata qu'elle le regardait. Elle ne souriait pas. Elle mâchonnait pensivement son crayon. Il se demanda s'il oserait l'inviter à sortir avec lui…

CHAPITRE IV

Le samedi où devait avoir lieu l'initiation était un jour de relâche dans la saison de football : pas de match.

En rentrant de son travail, Elsbeth alla se coucher directement et Robert se fit à dîner. Quand vint pour lui le moment de partir, Elsbeth dormait déjà.

Robert se rendit chez Bob Goble, qu'il trouva dans sa voiture, une V8 surgonflée. Il y avait avec lui les deux grands plaqueurs, John Strykos et Babe Bazzari. Assis sur la banquette avant, ils se passaient un cruchon de sherry. Il y en avait deux autres à l'arrière.

Les trois garçons accueillirent Robert comme un frère qu'ils avaient cru ne jamais revoir, et ils le firent monter à l'arrière. Robert en fut reconnaissant, et un peu embarrassé.

Bob lui tendit le cruchon, mais John Strykos dit :

— Hé, donne-lui un entier ! C'est un grand garçon.

Malgré ses réticences, Robert déboucha un cruchon et but une gorgée. Ce n'était pas mauvais du tout. L'alcool avait un petit goût d'olive et de noix, et Robert sentit des picotements sur son palais.

— Je ne crois pas que le coach approuverait, plaisanta-t-il.

— C'est excellent pour la santé, dit Bazzari. Ça vous met de la vapeur dans les tuyaux.

— Ouais, fit Robert en buvant une autre gorgée.

— Hé, dit John. Il est 8 heures. Faut pas traîner, allons-y.

— Ouais, ouais ! dit Bazzari. En route !

La maison des Martin, dans Vinedale Road, était inoccupée depuis huit mois. C'était une sorte de vieille grange au toit de bardeaux, à moitié ensevelie sous le lierre. La porte de devant donnait sur un salon aux boiseries foncées, relié par une arcade à la salle à manger avec la cuisine au-delà. Un couloir donnait accès à deux chambres et une salle de bain. C'était une vieille demeure remplie de fantômes et de bruits étranges. Hamilton Duncan, le propriétaire actuel, avait accepté la maison en règlement d'une dette, et il n'arrivait pas à s'en débarrasser.

Dorothy Duncan était une Tri-Gamma. Son père l'avait autorisée à utiliser la maison pour l'initiation. « Mais fais bien attention, » l'avait-il mise en garde. « N'allume pas de feux, et ne fais pas trop de chahut, ou sinon, le shériff va débarquer. »

Ce samedi, à 14 heures, huit des neuf membres – c'est-à-dire toutes sauf Barbara Fisher –, arrivèrent dans la maison des Martin. Elles ouvrirent les portes et les fenêtres, balayèrent le plancher, et disposèrent soigneusement les accessoires secrets de leur confrérie.

Le seul mobilier de la maison consistait en un vieux canapé affaissé et quelques chaises branlantes. Les filles les installèrent dans le salon et étalèrent des couvertures par terre le long des murs.

À 16 heures, Barbara Fisher arriva avec les quatre candidates et des rafraîchissements, que les futures initiées avaient été obligées d'acheter. Elles furent emmenées sur la terrasse, où on leur banda les yeux, puis on les conduisit jusqu'à l'une des chambres. Là, elles furent autorisées à retirer leurs bandeaux. Par terre, elles trouvèrent une pile de sacs en toile de jute et une paire de ciseaux.

— Voilà vos vêtements pour la journée, les filles, déclara Anne Bresdick.

— Qu'est-ce qu'on est censées faire ? demanda Julie.

— Vous vous déshabillez en gardant vos dessous, vous enlevez aussi vos chaussures et vos chaussettes. Pour le reste, c'est à vous de voir. Vous avez droit à deux sacs chacune.

En découpant des trous aux endroits appropriés, les filles se fabriquèrent des costumes : un sac pour la jupe, et l'autre pour le chemisier.

À 16 h 30, Barbara Fisher et Anne Bresdick revinrent dans la chambre. Une fois de plus, elles bandèrent les yeux des candidates et les emmenèrent dans le salon, où on les fit s'aligner le dos tourné à la table sacrée.

Elles furent aspergées de fluides purificateurs, puis Anne Bresdick, présidente de l'ordre, s'adressa à elles d'une voix solennelle. Et les rites commencèrent.

À 18 heures, on les autorisa à retirer leurs bandeaux, et ce fut la cérémonie de l'allumage des cierges. La pièce était sombre : il y avait seulement la lueur d'un grand cierge vert posé sur la table. Chaque membre tenait son cierge personnel, et les candidates en reçurent de nouveaux.

— Chacun de ces treize cierges représente l'une d'entre nous, déclara Anne. Ils nous accompagneront toute notre vie. Ce sont nos cierges sacrés, et pendant les grands moments de nos existences, nous les allumons.

« Vous pouvez maintenant allumer les vôtres à la flamme du cierge sacré de notre ordre.

Les candidates allumèrent solennellement leurs cierges, et les neuf membres s'approchèrent de la table pour faire de même.

Les candidates prêtèrent alors serment, s'engageant à ne jamais révéler les secrets de l'ordre et à être toujours aux côtés de leurs sœurs en toutes circonstances.

Puis vint une cérémonie aux connotations légèrement érotiques. Chaque candidate abaissa sa jupe de toile et sa culotte, en se tenant face au mur. Lucia Small émit quelques grognements de protestation. Diane Pendry avait le feu aux joues, elle semblait très excitée. Cathy McDermott était raide comme une statue. Julie se contenta d'attendre.

— Tri-Gamma un jour, Tri-Gamma toujours, entonna Anne Bresdick.

Et les initiées répondirent :

— Tri-Gamma un jour, Tri-Gamma toujours.

— Tri-Gamma un jour, Tri-Gamma toujours, chanta Anne.

Et les initiées répétèrent la formule rituelle, inlassablement – interrompant parfois la liturgie par des petits cris tandis que leurs fesses étaient piquées trois fois avec une aiguille trempée dans de l'encre noire : un tatouage.

— Partout où vous irez, vous portez désormais la preuve que vous êtes des Tri-Gamma !

— Est-ce que je dois montrer mon derrière chaque fois que quelqu'un me demandera si je suis Tri-Gamma ? grommela Lucia en remontant sa culotte.

Chaque initiée inscrivit son nom sur un papier gommé, le scella avec une goutte de sang, et le colla par-dessus le nom de la fille qu'elle remplaçait. On éteignit les cierges, et on félicita les initiées d'avoir franchi avec succès la première étape de l'épreuve.

— La première étape ? s'écria Julie. Zut ! Il y en a encore d'autres après ?

— Vous êtes en période probatoire pendant encore une semaine – et ensuite, vous serez membres à part entière.

Cathy McDermott frotta son nouveau tatouage.

— Ça me démange… Il n'y aura pas d'autres trucs comme ça, j'espère ?

— On ne pose pas de questions, dit sévèrement Anne.

Il était à présent 19 h 30, et les garçons allaient arriver d'une minute à l'autre. Les initiées furent instruites de leurs devoirs, et les membres se retirèrent dans la cuisine pour boire du Coca.

À 20 heures, deux voitures arrivèrent presque simultanément. Les garçons débarquèrent en masse et gravirent bruyamment les marches de la véranda.

Julie leur ouvrit élégamment la porte, puis elle recula d'un pas et s'agenouilla en signe de soumission tandis que les garçons entraient. Cathy, Lucia Small et Diane Pendry leur firent la révérence et les conduisirent dans le salon.

Anne, qui regardait par une fente dans la porte, chuchota en gloussant :

— Ils ont bu…

En faisant des sourires béats dans toutes les directions, Robert alla s'asseoir sur une chaise dans un coin. Il tenait encore son cruchon de sherry. Pour afficher sa nature rebelle, il le souleva et en but une gorgée.

— Robert, dit Julie, tu ferais mieux d'arrêter ça. Tu vas tellement loucher que tu ne sauras plus ce que tu fais.

— Je sais très bien ce que je fais, rétorqua-t-il.

Et c'était vrai. Il ne s'était jamais senti aussi étonnamment rationnel. Il tendit le bras vers Julie, qui bondit en arrière.

— Du calme, Robert, lança Bob Goble. Ça, c'est pour plus tard.

Les neuf membres firent leur entrée. Les initiées se placèrent sur le côté en s'inclinant très bas. Anne se tourna vers elles avec un grand geste majestueux :

— Esclaves ! Servez le banquet de cérémonie !

— Ah, chouette ! s'exclama Babe Bazzari. On va manger ! Qu'est-ce qu'il y a ?

Les initiées entrèrent avec des sandwichs, des chips, des bouteilles de Coca et un carton de cannettes de bière.

— Au cas où quelqu'un aurait soif, dit Barbara en lançant un regard en coin vers Robert.

— Un noble sentiment ! déclara Omar William, le flamboyant ailier gauche.

C'était un grand admirateur de Robert. Il sentait chez lui quelque chose de l'esprit des croisés d'autrefois, une intrépidité et une audace que rien ne peut arrêter.

Robert, qui n'avait aucune idée que quelqu'un puisse le respecter ou l'admirer, mangeait tranquillement son deuxième sandwich en buvant de la bière.

Quelqu'un demanda quel était le programme de la soirée. Avec un sourire provocant, Barbara demanda ce qu'ils aimeraient faire.

— Ah, bon sang, s'exclama John Strykos, c'est une initiation, non ? Alors, on s'est dit que vous aimeriez être initiées.

— Tu oublies, dit Anne avec dignité, qu'il s'agit d'un événement sérieux – une initiation Tri-Gamma.

— Bon, alors, buvons à l'initiation !

— Si tu veux. Moi, ce sera un Coca.

— Allez, bois une gorgée de sherry ! Il est très bon !

— Non merci, mais vas-y, toi si tu l'aimes tant que ça.

Robert, dans son coin, but une gorgée de son cruchon. Il comprit presque aussitôt que c'était une erreur. Il avait la tête qui tournait. La pièce était brillante et sombre en même temps. Peut-être que s'il faisait quelques pas – ou mieux encore, s'il allait se reposer un moment dans la pièce à côté... Il se leva et sortit en titubant pour se rendre dans l'une des chambres. Quelqu'un courut après lui, une des filles. Il ne sut jamais qui c'était.

— Ce n'est pas là, Robert – en fait, il n'y en a pas dans la maison, l'eau a été coupée. Tu vas devoir aller dehors.

— Veux juste me reposer... marmonna-t-il d'une voix pâteuse. Veux juste m'asseoir deux minutes...

— Ah. Bon, mais tu vas devoir t'installer par terre, il n'y a rien d'autre… Si tu veux sortir, cette porte donne sur la terrasse.

— Merci.

Robert s'assit lourdement sur le plancher, le dos au mur, la tête inclinée sur sa poitrine.

Du salon lui parvenait une cacophonie de voix, de rires, de musique d'une radio portative, de frottements de pieds qui dansaient.

Anne annonça :

— Maintenant, nous allons procéder à une véritable démonstration de talents ! Le Tri-Gamma vient d'acquérir quatre ravissantes jeunes femmes, et ce soir – uniquement ce soir –, elles vont faire tout ce que vous leur demanderez.

— Tout, hein ? dit John Strykos.

— Dans certaines limites. Après tout, il s'agit du Tri-Gamma.

— OK. Qu'elles dansent donc le french cancan.

Julie, Cathy, Lucia et Diane effectuèrent leur interprétation personnelle du french cancan.

— Maintenant, elles peuvent faire un strip-tease.

— Je ne sais pas comment, dit simplement Julie.

— Rien de plus facile. Tu te déshabilles, c'est tout.

— C'est en dehors des limites, décréta Dorothy Duncan.

— Elles n'ont qu'à le faire sans enlever leurs vêtements. Juste faire semblant.

— Eh bien… d'accord. Au fond, ça fait partie de leur éducation.

Les quatre filles mimèrent maladroitement un numéro de strip-tease.

— Et maintenant, dit Bob Goble, elles doivent toutes aller embrasser Robert dans la chambre à côté.

Robert commençait à se sentir mieux. Il respirait lentement et profondément, sa tête solidement ancrée à son cou. Dans le salon, il entendit un grand rire, des voix qui protestaient, d'autres qui argumentaient. Il entendit un bruit de pas dans le couloir, et la porte s'ouvrit. Cathy entra, tenant un cierge à la main, suivie de Diane Pendry et Lucia Small. Julie, occupée à ouvrir des cannettes de bière dans la cuisine, avait été retardée. Robert ferma les yeux et fit semblant de dormir.

Il y eut un silence. Il sentait les regards des filles sur son visage.

Le sang se mit à battre plus fort dans ses cicatrices. Il entendit Cathy chuchoter :

— Il ne bouge plus. Il est ivre mort.

Robert respira un peu plus fort et résista à la tentation d'ouvrir les yeux.

— Écoutez, dit Cathy à voix très basse, retournons dans le salon, et on dira qu'on l'a embrassé. On n'a pas besoin de le faire pour de vrai.

— Beurk, fit Diane. Je ne pourrais pas le supporter.

— Moi non plus, dit Cathy. N'importe qui, sauf Robert. Vraiment n'importe qui…

Des feux s'allumaient dans le cerveau de Robert. Il avait envie de se lever d'un bond, de les frapper, de leur faire mal…

D'une voix inquiète, Cathy demanda :

— Vous croyez qu'il est vraiment saoul ? J'ai l'impression que son visage a bougé.

— Dépêchons-nous, dit Lucia. Tiens, mets-lui un peu de rouge à lèvres.

— Fais-le, toi, dit Cathy en pouffant. Je ne veux pas le toucher.

— Oh, on n'a pas besoin de rouge à lèvres. Retournons dans le salon. Et n'oubliez pas : il faut que nous fassions des grimaces, d'un air dégoûté.

Robert les entendit sortir de la pièce. Il se releva aussitôt et s'adossa au mur, le regard plongé dans l'obscurité. Quelque chose de dur et de chaud commença à monter dans son cerveau. Il serra et desserra les poings, et sentit les muscles se tendre dans ses bras.

Tout était soudain tellement clair… Cela faisait longtemps qu'il le sentait confusément – mais à présent, c'était lumineux : tous le haïssaient. Et il les haïssait tous.

Julie entra dans la chambre, une bougie à la main. Elle le regarda et sourit timidement.

— Elles m'ont dit que tu dormais.

— Non, je ne dors pas.

Elle fit un pas hésitant vers lui.

— Je suis censée t'embrasser.

Robert inspira profondément. Tout l'oxygène du monde entra dans ses poumons, dans ses veines, et résonna dans sa tête. Le rêve… Le rêve… Il se souvint du rêve.

— Julie, éteins cette bougie.

— Oh… Robert… n'allons pas trop loin quand même…

Une voix amère marmonna dans le cerveau de Robert. Une autre lui dit : Tu te souviens du rêve ? Le sang battait dans ses oreilles. Il fit un pas vers Julie.

— Attention, Robert ! La bougie !

D'une voix rauque, il lui demanda :

— Qu'est-ce que tu regardes comme ça ?

— Toi, bien sûr, dit-elle avec un petit rire nerveux.

— Tu n'aimes pas mon visage, hein ?

— Eh bien… il pourrait être un peu amélioré.

— Oui, c'est sûr.

— Oh, Robert, tu ne devrais pas parler comme ça. Il faut que je t'embrasse… Ne bouge pas…

Dans le salon, John Strykos remarqua que Julie était absente depuis un bon moment.

— On dirait que ça marche, pour Robert.

Bob Goble, qui regardait par la fenêtre, s'écria :

— Bon sang ! C'est la police !

Une voiture s'était discrètement engagée dans l'allée, et ses gyrophares clignotaient à présent d'un rouge vif.

— Balance le sherry, dit John. Planque la bière.

— Fichons le camp d'ici, dit Babe Bazzari.

* * *

— Tout le monde est là ? demanda le shérif Hartmann à Dorothy Duncan.

— Oui, répondit-elle d'un air très digne. Nous ne faisons rien de mal. C'est la maison de mon père.

— Tout le monde sauf Robert et Julie, dit Barbara.

Le shérif envoya un de ses hommes dans la maison pour vérifier.

Trois ou quatre minutes plus tard, l'adjoint appela le shérif à l'intérieur. Hartmann ressortit une minute après. Il semblait très agité.

— Bon, OK. Donnez vos noms à mon adjoint et rentrez chez vous, vous m'entendez ? Rentrez chez vous !

— Mais… Julie ? Et Robert ?

Le shériff fit une grimace.

— Allez, rentrez chez vous.

L'audience se déroula à huis clos dans le tribunal pour mineurs. Darrell Hovard avait déposé plainte dans son premier accès de fureur, avec gravée à l'esprit l'image du visage de Julie ruisselant de larmes.

Celle-ci, après un examen médical et une bonne séance de pleurs, semblait avoir subi très peu de dommages physiques, et certainement moins de traumatismes psychologiques que Darrell ou Margaret Hovard.

La juge Theresa Kleiderle, qui présidait le tribunal, ordonna que Robert soit envoyé dans le Centre de rééducation de Las Lomas jusqu'à sa majorité.

— Tu as eu une sacrée veine, gamin, dit l'adjoint en fronçant ses sourcils broussailleux. Dans cet État, c'est la chambre à gaz. Oui, tu t'en es bien tiré.

— Ouais, fit Robert.

Elsbeth n'avait pas pu lui rendre visite en prison. Le tissu de son existence était soudain parti en lambeaux. Elle avait été prise d'une crise de nerfs et avait dû être transportée en urgence à l'hôpital. Pendant son traitement, on remarqua une grosseur au bas-ventre. Un examen plus approfondi révéla qu'il s'agissait d'une tumeur cancéreuse. Heureusement, Elsbeth était couverte par l'assurance santé souscrite par Hegenbels, et il n'y aurait pas de factures médicales à payer.

L'adjoint emmena Robert à l'hôpital pour voir sa mère avant de partir pour Las Lomas. Robert fut épouvanté de la voir si pâle et si défaite, un petit tas d'os pitoyable sous la couverture blanche.

— Sois un bon garçon, Robert. Souviens-toi toujours…

— Oui, Maman.

L'adjoint et lui prirent le train de l'après-midi.

Au lycée, on ne parlait que de l'affaire. Julie répondit aux questions avec beaucoup de calme. Robert avait simplement essayé de se livrer à quelques familiarités, et elle avait eu un peu de mal à le tenir à distance. Elle semblait si peu affectée par l'incident qu'on cessa d'en parler au bout de neuf jours.

À Noël, Robert n'était déjà plus qu'un nom. À la fin de l'année scolaire, on l'avait pratiquement oublié.

Julie fut élue vice-présidente des deuxième année. Elle commença à sortir régulièrement avec Dale Hemet.

Si quelque chose pouvait troubler son jeune esprit insouciant, c'était une bribe de souvenir d'un lointain passé. Elle en parla à Darrell Hovard.

— Papa – est-ce que tu te souviens, il y a longtemps de ça ? Je conduisais la voiture. On est rentrés dans quelque chose, et tu m'as empêchée de regarder...

Darrell Hovard reposa son journal.

— Est-ce que c'est Robert qu'on a renversé ce jour-là ?

Hovard se racla la gorge et hocha la tête.

— C'est pour ça qu'il a le visage balafré ?

Darrell Hovard eut un petit rire désinvolte.

— Eh bien, c'est vrai, il y a eu un accident. Mais Robert était aussi en tort que nous.

— Mais c'est moi qui conduisais ?

— Disons que tu avais une main sur le volant.

Julie essaya de se souvenir. Petit à petit, le moment lui revint. Elle sentit le frisson d'excitation, regardant juste au-dessus du tableau de bord, les bras levés, tenant le volant. Elle vit le scooter rouge, la chemise bleue – et devant, les deux piliers de Jamaica Arch. Plutôt que de prendre le risque d'érafler la voiture de son papa, elle avait décidé de passer à ras du garçon. Plus près, encore plus près. Un choc, et soudain ce fut son papa qui reprit le volant et qui lui tint la tête baissée.

Ce soir-là, Julie et Cathy McDermott se rendirent à la bibliothèque municipale, afin d'y emprunter des livres de référence pour une dissertation d'anglais. En fouillant dans les étagères, Julie remarqua les volumes reliés des numéros du *Herald-Republican* de San Giorgio. Elle s'arrêta net. C'était la Cadillac modèle 41, songea-t-elle. Ça veut dire que c'était avant 1946, parce que c'est là qu'on en a acheté une autre... Quand je prenais des leçons de piano chez Mrs McKinley, Papa venait à ma rencontre et je conduisais sur une partie du chemin du retour. J'avais alors 8 ans. C'était en 1944. Oui, ça doit être cette année-là, vers la fin de l'été...

Elle prit le deuxième volume de 1944 et alla s'installer à une table. Dans le numéro du 17 juillet, en page 2, elle trouva un article et une photo de Robert Struve, reproduite à partir d'un portrait qu'Elsbeth avait fait de lui l'année précédente.

Julie examina la photo. Elle avait un visage calme, son front était lisse. Il aurait été impossible de deviner ses pensées.

* * *

Le Centre de rééducation de Las Lomas était une institution toute récente, qui n'avait que six mois d'existence. Il n'y avait pas de contraintes apparentes, pas de barreaux. Les dortoirs étaient vastes et bien éclairés. La cantine ressemblait plutôt à une cafétéria. La devise de l'établissement était : « Réhabilitation, et non Récrimination. » L'accent était fortement mis sur l'orientation et la formation professionnelles. Le personnel comprenait deux psychiatres et un certain nombre de surveillantes très maternelles.

Richard ne posait aucun problème. Mrs Fador, la surveillante en charge des dortoirs, le considérait comme un pensionnaire modèle. Mais il y avait chez lui quelque chose qui la mettait mal à l'aise.

Un jour, au cours d'une conversation avec le Dr O'Brien, le psychiatre en chef, elle mentionna Robert.

— Il est comme un immense trou noir qui ne débouche sur rien.

— Allons, allons, dit le Dr O'Brien en souriant. Voilà que vous devenez intuitive sur vos vieux jours.

— Non, non, insista-t-elle.

— Voyons un peu… C'est le garçon avec ce visage horrible. Jetons un coup d'œil à son dossier. (Le Dr O'Brien fouilla dans l'armoire de classement, et en sortit une chemise portant l'étiquette : « Robert Struve ». Il lut en silence.) Hmm, fit-il enfin en se frottant le menton. Ça semble vraiment dommage de laisser un gamin comme ça vivre toute son existence avec un visage pareil.

— À San Quentin, dit Mrs Fador, ils font régulièrement de la chirurgie réparatrice sur les détenus.

Le psychiatre soupira.

— Nous ne sommes pas à San Quentin. Nous n'avons tout simplement pas l'équipement ni le personnel nécessaires.

— Sacramento n'est qu'à une cinquantaine de kilomètres.

Le psychiatre décrocha son téléphone et appela le directeur.

Le lendemain, Mrs Fador amena Robert dans le bureau du psychiatre. Elle avait passé son bras autour des épaules du jeune homme.

— Robert vient juste de recevoir de mauvaises nouvelles. De très mauvaises nouvelles.

— Que se passe-t-il ? demanda le Dr O'Brien.

Il était jeune, et n'avait pas encore appris à prendre ses distances par rapport à son travail.

— Ma mère vient de mourir, expliqua Robert.

— Oh… Je suis vraiment navré, Robert.

Robert hocha simplement la tête en clignant des yeux.

— Eh bien, Robert – j'ai une bonne nouvelle pour toi. Elle ne contrebalance pas la mauvaise, mais elle pourrait t'aider.

— Qu'est-ce que c'est ?

— J'ai fait le nécessaire pour que tu puisses bénéficier de la chirurgie réparatrice.

Robert se figea totalement. C'est d'une voix terne et indifférente, comme si le médecin venait de lui proposer une cigarette, qu'il répondit :

— Non, merci… Je m'en suis bien tiré comme ça jusqu'ici. Je crois que je peux continuer.

Le Dr O'Brien hocha nonchalamment la tête, pour se mettre au diapason de Robert.

— Ma foi, c'est comme tu voudras. Réfléchis-y.

— Ce sera tout ? demanda Robert.

— Oui, c'est tout.

Robert sortit du bureau. Mrs Fador exprima son inquiétude et sa perplexité.

— Je n'arrive pas à comprendre. On pourrait penser qu'il aurait sauté sur l'occasion…

— Laissez-lui un peu de temps, dit le psychiatre.

Et le lendemain, Robert demanda à le voir.

— Hello, Robert. Assieds-toi.

Robert s'assit.

— Une cigarette ? demanda le psychiatre.

— Non, merci. Je ne fume pas. (Robert hésita un instant avant de se lancer :) Hier, vous m'avez dit… la proposition tient toujours ?

— Absolument.

Robert sembla consulter une liste mentale de questions.

— Combien de temps ça prendra ?

— Je ne sais pas. Sans doute un an, peut-être un peu plus.

— Mais ce sera terminé avant que je sorte d'ici ?

— Oui, je pense.

— Est-ce que je pourrai ressembler à qui je veux ? C'est-à-dire, est-ce que je pourrai choisir le genre de visage que je veux ?

O'Brien sourit.

— Dans certaines limites. Personne ne peut modifier la forme du crâne ou l'angle d'une mâchoire.

— Mais mon nez… mon visage…

— Tout ce que je peux te garantir, Robert, c'est que dans un an, tu ne te reconnaitras plus dans la glace.

— Oui, dit Robert, c'est le principal.

Tout en bourrant sa pipe, le psychiatre regarda Robert avec curiosité.

— Tu es seul au monde, maintenant, n'est-ce pas ?

— Oui, tout seul.

— Qu'est-ce que tu comptes faire quand tu sortiras d'ici ?

— Je n'en suis pas très sûr. Quand est-ce que les opérations commencent ?

— Jeudi prochain.

Robert hocha la tête.

— Merci beaucoup, dit-il en tendant la main.

O'Brien se leva et la lui serra avec une sorte d'humilité soudaine.

— À jeudi, Robert.

Robert quitta la pièce, et le psychiatre alla à la fenêtre, d'où il le regarda traverser le square pour se rendre au dortoir. Robert marchait d'un pas décidé, puissant, dans lequel on sentait un but et une direction.

Le psychiatre retourna à son bureau.

— Je m'interroge sur ce garçon, dit-il pensivement tout haut. Je me demande ce qu'il a en tête…

Chapitre V

San Giorgio connut une grande prospérité pendant les années de la guerre de Corée : de nouvelles maisons, de nouveaux magasins, de nouvelles écoles. Hegenbels fit démolir le vieil immeuble Tatley pour construire à la place une annexe de trois étages. Safeway construisit une immense unité sur le Sonoma Highway. La Bank of America déménagea dans un nouveau siège à côté de l'Association immobilière de San Giorgio. Mais malgré toutes ces nouvelles maisons, ces nouvelles routes et ces nouvelles écoles, il semblait y avoir toujours plus de gens, plus de voitures, plus d'enfants.

Parmi les institutions souffrant de la surpopulation, il y avait le Country Club de San Giorgio. Le bar était rempli d'étrangers. Il devenait impossible de faire un parcours de golf.

Un groupe mené par Pelton Pendry, William Cloverbolt et Darrell Hovard démissionna, et fonda la Corporation du Country Club de Mountainview. Ils instituèrent une règle selon laquelle il fallait être actionnaire pour pouvoir devenir membre, et vendirent les actions de façon extrêmement sélective.

En tant que président du Comité de planification, Darrell Hovard négocia l'achat d'un terrain de cent cinquante hectares dans les collines à l'ouest de San Giorgio.

On était en 1952, la dernière année de lycée pour Julie. Son anniversaire était le 22 juillet. Le 21, quand elle rentra avec son père, elle vit Jamaica Terrace remplie de voitures garées. La maison des Hovard était enrubannée de bleu et d'or, comme un cadeau de Noël. Sur un immense panneau planté dans la pelouse était inscrit : « Joyeux Anniversaire Julie ».

Julie serra son père dans ses bras et l'embrassa sur la joue, puis elle descendit de voiture et courut vers la maison. Elle portait un short beige, un tee-shirt blanc et des mocassins. Son visage était sale, ses cheveux étaient en bataille, mais Julie s'en moquait bien.

Quand elle entra, ses invités crièrent : « Joyeux anniversaire ! », puis ce fut le silence. Une Ford décapotable rouge foncé flambant neuve occupait le milieu du salon. Une banderole flottait au plafond avec les mots : « Joyeux Anniversaire Julie ».

Elle fut au comble du bonheur.

Les invités se rendirent sur la terrasse derrière la maison, tandis que des ouvriers démontaient deux portes-fenêtres, installaient des planches et faisaient rouler la voiture jusque dans la rue. Sur la terrasse avaient été disposées des tonnes de victuailles, poulet frit, hamburgers et frites, Coca et jus d'orange.

Grant Hovard et Carr Pendry étaient les plus âgés des invités présents. Grant, un grand jeune homme au long nez et à l'expression impassible, était en vacances et retournerait bientôt à Johns Hopkins, où il poursuivait ses études de médecine. Carr venait juste d'obtenir sa licence d'économie à Harvard, et parlait de faire une carrière politique. Il avait encore un béguin pour Cathy McDermott, qui allait entrer en deuxième année à Berkeley. Carr était un jeune homme blond, solidement bâti et énergique. D'une voix sonore et incisive, il passait au crible les erreurs des hommes au pouvoir, et terminait généralement par la prédiction : « En ce moment, la situation va de mal en pis. J'arriverai au bon moment. Je vais faire tout ce qu'il faut pour diriger l'opposition, et si j'ai de la chance, je ferai un malheur. Je me donne à fond, je vous le dis, vraiment à fond, et j'y arriverai. Dieu sait que j'en ai plus sous le chapeau que cet âne bâté que nous venons juste de virer. »

Cathy avait déjà entendu ce discours une bonne vingtaine de fois, et il l'ennuyait à mourir. Mais elle continuait de sortir avec Carr, résistant à toutes ses avances amoureuses et exigeant qu'il la ramène chez elle tôt le soir. Elle ne l'embrassait que quand elle ne pouvait vraiment pas faire autrement. Cathy avait très peu changé depuis ses années de lycée.

Pendant la réception d'anniversaire de Julie, Carr et Grant Hovard burent de la bière, et plus tard dans la soirée, du whisky. Carr voulut

emmener Cathy faire une balade en voiture. Cathy lança un regard élo-
quent à Julie, qui dit que Cathy dormirait avec elle.

À minuit, tous les invités étaient partis. Il ne restait plus que Cathy
et Lucia Small. Elles sortirent avec Julie pour admirer la voiture, puis
Julie retourna chercher les clés dans la maison.

— Où vas-tu ? demanda assez sèchement Darrell Hovard (le bruit
de la fête lui avait porté sur les nerfs).

— Je raccompagne Lucia chez elle, Papa. Et je veux essayer ma
nouvelle voiture.

— Il faut d'abord que je te montre quelque chose.

Il sortit dans la rue, suivi de Julie. Cathy et Lucia étaient en train de
bavarder avec Carr, qui avait traversé la pelouse séparant la maison des
Pendry de celle des Hovard.

— Monte, dit Hovard.

Julie s'installa derrière le volant.

— Glisse ta main là. (Julie passa la main sous le tableau de bord.)
Qu'est-ce que tu sens ?

— Un objet froid et très dur.

— C'est un pistolet, dit Hovard. Un calibre .32. Il est chargé. N'y
touche jamais, sauf en cas d'absolue nécessité. Ne le montre à personne.
(Il se tourna vers les trois autres :) Et vous, n'en parlez à personne, s'il
vous plaît.

Julie fut dûment impressionnée.

— Merci beaucoup, Papa.

Julie s'engagea prudemment dans Jamaica Terrace. Cathy était assise
au milieu, Lucia à droite. Elles n'étaient plus très loin de l'arche quand
une petite lumière vacillante s'approcha.

Julie freina brutalement.

— Qu'est-ce qui se passe ? s'écria Lucia. Qu'est-ce qui se passe ?

Julie ne répondit pas. Elle roula au pas jusqu'à ce que le gamin sur
son vélo ait franchi le passage, puis elle accéléra lentement.

— Pourquoi as-tu fait ça ? demanda Cathy.

— Je voulais juste être sûre que le vélo soit passé.

Cinq cents mètres plus loin, Julie dit :

— Vous vous souvenez de Robert Struve ?

— Oui, dit Cathy. Qu'est-ce qui t'y fait penser ?

— Je me disais simplement qu'il doit être sorti du centre de rééducation, maintenant.

Cathy calcula dans sa tête.

— Il était deux classes au-dessus de moi… Ça doit lui faire dans les vingt et un ans. Oui, il est sans doute sorti.

— Je me demande ce qu'il est devenu.

— Tu en parles comme si ça t'intéressait, dit Lucia.

— Oui, ça m'intéresse… d'une certaine façon.

Lucia frissonna.

— Je n'ai jamais pu supporter son visage…

Elles tournèrent dans la petite rue menant aux Tourelles, l'immense demeure victorienne où Lucia habitait avec son père, le vieux juge Small.

La lune brillait au-dessus de la crête à l'ouest. Alors qu'elles approchaient de la maison, le grand disque lumineux disparut derrière la montagne. Elles s'engagèrent sous les arbres dans la nuit noire.

Au sommet de la tour nord-est, une fenêtre était éclairée : le juge Small était en train de travailler lentement à un livre sur les origines du droit coutumier.

Lucia descendit de la voiture.

— Et si vous entriez un moment ? dit-elle. Je nous ferai un bon chocolat chaud.

Julie et Cathy avaient plutôt envie de rentrer se coucher. Lucia les mettait mal à l'aise. Son année à Radcliffe n'avait rien fait pour lui arrondir les angles. En fait, elle était encore plus critique et acerbe qu'avant. Sa beauté aristocratique était simplement devenue austère.

Elles se souhaitèrent une bonne nuit. Julie fit une marche arrière et repartit sous les arbres. La lune remonta derrière la crête. Julie et Cathy retournèrent à San Giorgio dans une atmosphère de parfaite camaraderie.

— Parle-moi de Diane, dit Julie.

C'était le scandale du moment. Après un semestre à Berkeley, Diane Pendry était partie avec un musicien – un pianiste de jazz. Les Pendry parvenaient à faire bonne figure en public, mais dans le cercle de famille, la tempête faisait rage.

— Je n'ai pas beaucoup vu Diane, l'année dernière, dit Cathy. Elle était dans une autre confrérie, la Pi Phi. J'ai rencontré le pianiste – en fait, on est sortis ensemble une fois, à deux couples.

— Comment est-il ?

Cathy haussa les épaules.

— Il est très jeune – à peu près l'âge de Carr. Il est brun, et assez beau garçon. Je crois que Diane est tombée amoureuse de sa musique plus qu'autre chose.

Julie sourit.

— Carr n'en parle pas beaucoup.

Cathy éclata d'un rire ravi.

— Il est absolument furieux. La famille ne veut pas entendre parler du nouveau gendre.

— Comment s'appelle-t-il ?

— Hmm… Laisse-moi réfléchir… Bravonette – non, Bavonette. George Bavonette.

— C'est un joli nom.

— Le mariage ne durera pas, déclara Cathy. (Elle posa la nuque contre le dossier en soupirant.) S'il te plaît, protège-moi de Carr… Il veut que je l'épouse maintenant, et que je parte avec lui faire le tour de l'Europe ou je ne sais quoi.

— Et tu vas le faire ?

— Le Ciel m'en préserve !

Avant de se coucher, Julie partit seule faire un tour sur la grand-route. Elle sifflotait doucement entre ses dents, une chanson lente et triste… Pourquoi n'était-elle pas plus heureuse ? Julie – que tout le monde considérait comme la définition même de la gaieté insouciante ! « Ah, zut ! » dit-elle en allumant la radio.

Ce n'est qu'une fois couchée, et après avoir contemplé un moment l'obscurité, que la source de sa mélancolie se révéla.

C'était le Temps, le passage des saisons.

Le Temps les faisait vieillir, et mettait fin à leur jeunesse. De merveilleuses vacances étaient en train de se terminer.

Soudain, elle était sortie de l'enfance. Elle commençait l'université, elle était une jeune femme, avec les privilèges et les responsabilités de l'âge adulte. Bientôt viendraient les grands choix, les décisions qui façonneraient le reste de son existence.

Diane Pendry avait déjà fait son choix. La pauvre petite idiote... Diane avait toujours été folle des garçons. Le bruit avait toujours couru qu'elle avait du mal à dire non. Diane était la brebis galeuse de la famille Pendry, et Carr n'avait jamais caché sa réprobation. Carr... Julie eut un léger sourire. Ce grand blond dévoré d'ambition... En s'imaginant mariée avec lui, elle fit une grimace dans le noir. Elle essaya d'imaginer à quoi pourrait ressembler son futur mari, en assemblant tous les petits morceaux et fragments répondant à ses attentes. Il n'en émergea qu'une très vague silhouette – plus une vision de l'esprit qu'une réalité physique. Ce serait quelqu'un de très calme, très solide. Un homme intègre et passionné. Elle irait n'importe où avec lui : explorer l'Amazonie, traverser le désert de Gobi en jeep...

Elle finit par s'endormir.

* * *

Julie fut sollicitée par toutes les confréries de l'université, mais elle choisit Delta Rho Beta, dont Cathy était membre.

En octobre, Julie et Cathy allèrent rendre visite à Diane, à San Francisco. Il était une heure de l'après-midi quand elles arrivèrent, et elles virent aussitôt que Diane venait juste de se lever, car elle était encore en robe de chambre. Ses beaux cheveux châtain clair étaient coupés mi-long, dans le style mis à la mode par les vedettes de cinéma italiennes.

Diane paraissait plus âgée. Son corps, en tout cas, avait mûri. Elle avait toujours eu une silhouette séduisante, mais maintenant, alors qu'elle ne semblait pas avoir pris de poids, elle était... disons, voluptueuse.

Elle fut ravie de voir Cathy et Julie, mais elle regardait l'appartement autour d'elle en se disant sans doute, *Quel bazar !* Des journaux étaient éparpillés par terre, les cendriers débordaient de mégots, cinq cannettes de bière ouvertes étaient posées sur la petite table à côté du canapé. Il y avait des disques et des pochettes un peu partout. La moitié d'un mur était consacrée au stockage de cartons gris remplis de 33 tours. Le bien le plus précieux dans l'appartement était une chaîne Hi-fi avec de grosses baffles. Elle occupait toute la table.

Elles entendirent un bruit de chasse d'eau, et un instant plus tard,

George Bavonette sortit de la salle de bain. Il avait une beauté de poète romantique, avec de longs cils, des paupières tombantes, le teint mat et de grands yeux noirs. Ses lèvres étaient très fines. Il s'exprimait par saccades, et semblait ne jamais s'arrêter de fumer. Il ne regardait jamais Julie, Cathy ou Diane quand il leur parlait. Ils s'installèrent autour de la table de la cuisine pour boire du café, et les filles papotèrent entre elles.

Au bout d'un moment, George se leva brusquement et se rendit dans le salon, où il chargea une pile de disques sur la platine avant de revenir dans la cuisine. La musique commença, et George tambourina du bout des doigts sur la table, sa chaise inclinée en arrière contre le mur, avec un léger sourire aux lèvres. Julie et Cathy échangèrent un regard.

— George met tant de lui-même dans sa musique qu'il faut qu'il en retire quelque chose de temps en temps, dit Diane.

— C'est ça, c'est ça, dit George. Très bien exprimé.

Encouragée, Diane poursuivit :

— C'est nerveusement épuisant d'être assis à son piano, soir après soir, pour créer, créer…

— Ça exige beaucoup de force, dit George.

— C'est du bebop… n'est-ce pas ? demanda Julie.

— Non, non ! s'écria George. Tout le bebop est progressiste, mais tout ce qui est progressiste n'est pas forcément du bebop… Écoutez bien… écoutez… (Il leva la main.) *Là !*

Le piano monta bizarrement la gamme, marqua une pause, redescendit en hésitant. Au milieu d'une progression, il s'arrêta net, et un saxo ténor prit le relais, en démarrant dans une nouvelle clé discordante.

George les regarda toutes :

— C'est dingue, non ?

— Je dois être stupide, dit Julie, mais je trouve ça bizarre et décousu…

— Ma chère petite, rétorqua George, comment voyez-vous notre civilisation actuelle ? N'est-elle pas bizarre et décousue, elle aussi ? C'est pour ça que la musique est géniale. Elle est contemporaine, elle reflète l'humeur de notre temps.

— Je ne crois pas, dit Julie.

— C'est assez profond, intervint Diane. George l'explique très bien. Vas-y, George.

— Non, pas maintenant. Je préférerais encore faire du rodéo.

— Il plaisante, dit Diane. Il peut dire des choses raisonnables, quand il veut.

— Ça m'intéresse, dit Julie.

— Il faut le sentir, expliqua George en se tapotant le front. Il faut que ça entre là-dedans. Des idées. Quelquefois, c'est merveilleux, et quelquefois, c'est tellement fort que c'en est presque effrayant. (Il se leva.) Un petit déjeuner, ça vous dirait ? Moi, je défaille.

— Un petit déjeuner ? s'exclama Cathy. Mais il est deux heures de l'après-midi !

— 2 heures ? répéta George en jetant un coup d'œil à l'horloge de la cuisine. Il faut que j'aille chez Cholo aujourd'hui… (Il se tourna vers Diane.) Sois gentille, ma chérie, fais-moi deux œufs en vitesse pendant que je m'habille.

Diane alluma le vieux réchaud à gaz, mit un peu de beurre dans une poêle et cassa deux œufs.

— George s'emballe très facilement, dit-elle sur le ton de la confidence. N'allez pas croire qu'il est prétentieux, pas du tout. C'est juste qu'il est plongé dans sa musique. C'est vraiment un très grand musicien, mais… qu'est-ce qu'il est imprévisible ! (Elle jeta un regard affectueux vers la chambre.) On ne s'ennuie jamais, avec lui. C'est sans doute pour ça que j'en suis folle, conclut-elle en insistant un peu trop.

George revint et mangea rapidement ses œufs en gardant la tête baissée. Il releva les yeux et dit à Diane d'un air étonné :

— Va t'habiller. Tu viens avec moi.

Diane hésita, puis elle sourit à ses deux amies.

— Nous pouvons y aller tous ensemble, tu ne crois pas, George ? (Elle expliqua à Julie et Cathy :) C'est une jam session – les garçons s'installent ensemble pour boire de la bière et jouer. C'est follement amusant…

George fronça les sourcils.

— C'est juste une répétition. Un truc rasoir et totalement inintéressant. Il ne faut pas vous attendre à des merveilles de virtuosité, dit-il à Cathy et Julie.

— Oh, venez, dit Diane. S'il vous plait !

— Bon, dit Cathy. Je pense qu'on peut rester encore un peu.

Cholo habitait en haut de Telegraph Hill. Son appartement consistait en une seule pièce de douze mètres de long, avec l'équipement de cuisine à un bout et des canapés à l'autre. Les murs étaient tapissés de toile de jute vert clair, et des nattes d'osier couvraient le sol. Deux vieux pianos droits étaient poussés contre un mur, avec une batterie entre les deux.

Quand George et les trois filles arrivèrent, la pièce était déserte.

— Bon sang, fit George. Hé, Cholo ! cria-t-il.

Pas de réponse. Il traversa la pièce pour ouvrir une porte. Il jeta un coup d'œil, puis il revint en secouant la tête.

— Personne, dit-il. (Il ouvrit la glacière.) Ah, le radin. Il n'y a que trois bières.

Il ouvrit les cannettes et dénicha quatre verres dans lesquels il fit une répartition. Pendant que Diane distribuait les verres, George s'approcha d'un piano et essaya quelques touches. Il se retourna avec une expression de pur plaisir.

— Hé, chérie ! Cholo s'est enfin occupé de ce vieux machin ! Graissé et réaccordé. Écoute ça ! (Il exécuta une gamme.) La semaine dernière, on ne pouvait pas faire la différence entre un do dièse et une cloche de vache.

La porte de l'appartement s'ouvrit. Six hommes et quatre femmes entrèrent à la queue-leu-leu. Il y eut des salutations et des présentations, des noms que ni Julie ni Cathy ne retinrent.

Cholo était un jeune Italien élégant, petit, mince et très gai. Il remplit une carafe de glaçons, puis il y versa une bouteille de vodka et une de jus de citron vert, et la posa sur le piano. Deux des hommes sortirent leurs saxos ténor, un autre sortit une trompette. Cholo jouait de la guitare électrique.

George s'installa au piano.

Julie et Cathy allèrent s'asseoir au fond de la pièce. Diane les rejoignit avec trois verres de vodka-citron et s'assit par terre à côté d'elles.

— N'est-ce pas amusant ? Ça finit par vous entrer dans la peau, ce genre de vie. On se sent libre, tout est simple et facile… Bien sûr, la moitié du temps, nous ne savons pas d'où viendra notre prochain repas. George et l'argent… (Elle soupira et sa cala contre le mur.) Vous avez vu des membres de ma famille, récemment ?

— Seulement Carr.

— Ah, Carr… C'est le pire de tous, dit-elle avec amertume. Il n'est même pas digne de lécher les bottes de George.

La musique commença. Montée de gamme, redescente, transversale et retour, tonale, atonale, dièses et bémols, accords et désaccords.

D'autres gens arrivèrent. Deux jeunes hommes s'approchèrent de Julie et Cathy. Ils parlèrent d'une soirée prévue le vendredi suivant, et ils les y invitèrent.

— Je ne peux pas, répondit Julie. Je n'ai droit qu'à une sortie par semaine, et je suis déjà prise.

— Ah, les étudiantes, dit l'un des garçons. Bon, organisons un truc pour la semaine d'après…

— Vous avez déjà essayé le Green Bottle ? demanda l'autre.

— Non, fit Cathy.

— Toute la bande y va – on pourrait peut-être vous retrouver là-bas ?

— Nous sommes trop occupées, répondit Julie. Beaucoup trop occupées.

Diane s'était éloignée à l'autre bout de la pièce. Elle s'arrêta devant un jeune homme en veste de tweed beige, assis le dos tourné à Julie et Cathy, qui pouvaient voir distinctement le visage de Diane.

Cathy donna un petit coup de coude à son amie.

— La mariage n'a pas beaucoup changé notre Diane…

— Hmm, fit Julie. Non, effectivement.

— Quelque chose me dit que notre ami George n'aime pas ce type.

Diane éclata de rire et prit le jeune homme par les mains, en se penchant légèrement en arrière.

Trois accords discordants plaqués au piano, et les musiciens s'arrêtèrent de jouer. George se leva et lança d'une voix forte :

— Retire tes sales pattes de ma femme !

Le jeune homme se retourna. Il semblait surpris.

— Oui, bien sûr.

Diane, le feu aux joues, rejoignit Cathy et Julie. La musique reprit.

— Ah, ce George ! fit-elle. Il est infernal ! Je ne peux même pas parler à un autre homme !

Julie et Cathy ne dirent rien.

Diane poursuivit d'une voix rageuse :

— Lui, il ne se prive pas quand l'envie lui en prend…

Le jeune homme à la veste beige se leva et s'en alla en faisant un petit salut à Cholo. George le regarda partir.

— Je crois que nous ferions bien d'y aller, nous aussi, dit Cathy.

— Quel dommage, dit Diane. J'avais encore tellement de choses à vous dire…

Elle semblait soudain très triste et mélancolique.

— Et si tu venais nous voir un de ces jours ? proposa Cathy. On déjeunerait ensemble.

— George ne me quitte pas des yeux un instant… dit Diane. (Elle contempla un instant le dos de son mari.) Bon, enfin… conclut-elle en s'efforçant de sourire.

Cathy et Julie firent un petit signe à George pour lui dire au revoir, et s'en allèrent.

Chapitre VI

Début mars, Carr Pendry rentra d'Europe avec une nouvelle Jaguar. Il passa deux jours à San Giorgio avant de descendre à Berkeley. Il s'engagea dans University Avenue, entra dans le campus et s'arrêta enfin, fièrement, devant la résidence des Delta Rho Beta.

La chance voulut que ce soit Cathy en personne qui lui ouvre.

— Cathy !

— Ça alors ! Carr !

— Eh bien, me voilà de retour, dit-il. Et regarde ce que j'ai rapporté ! ajouta-t-il en montrant la Jaguar.

— Elle est très jolie. C'est une MG, c'est ça ?

— Une MG ! s'exclama Carr. Mais non, c'est une Jaguar Mark IV, la reine incontestée de la route ! Et maintenant, mets ta plus belle robe – je t'emmène dîner !

— Oh, Carr, dit Cathy. Je suis déjà prise.

— Tu n'as qu'à te décommander, décréta Carr. Je n'ai pas fait dix mille kilomètres pour être supplanté par un autre type.

— Bon, je vais voir ce que je peux faire… Entre.

Carr attendit dans le hall pendant que Cathy montait rapidement à l'étage où Julie, allongée sur son lit avec une grammaire française, révisait du vocabulaire.

— *Ouvrez la porte… Avez-vous du pain…*

— Julie – devine qui attend en bas, vêtu d'une Jaguar bleue ?

— Je donne ma langue au chat.

— C'est Carr.

— *Sacre* blue ! *Nom d'un chien !*

— Il veut que je sorte avec lui. J'en suis malade d'avance. Il va être tout sentimental et larmoyant.

— Dis-lui que tu es déjà prise.

— C'est ce que j'ai fait. En plus, c'est vrai. Il me dit d'annuler.

— Dis-lui que tu ne peux pas.

— Oh, Julie – c'est quand même un peu dur…

— Bon, fit Julie en haussant les épaules. Sors avec lui, alors.

— Je veux que tu viennes avec moi.

— Moi ? Pour tenir la chandelle ? Je suis sûre que Carr serait ravi.

— Tu n'avais pas prévu de sortir ?

— Pas avec trois partiels lundi. Tu te rends compte ? Trois en un jour !

— Allez, Julie, sois gentille. Tu peux réviser toute la journée de demain, et dimanche aussi.

— Bon, d'accord, fit Julie en reposant son livre. Aucun garçon ne m'a invitée, mais je peux facilement en trouver un.

Il y avait un téléphone à l'étage. Cathy consulta l'annuaire de l'université et composa un numéro.

— Allô, fit-elle. Pourrais-je parler à Joe Treddick ?

Cathy demanda à voix basse :

— Qui est Joe Treddick ?

— C'est un type qui est à côté de moi en littérature anglaise… Je crois que c'est son nom, je l'ai vu sur un de ses livres. Ah, allô ? C'est Joe Treddick ? Je suis Julie Hovard. Je suis à côté de vous en Anglais 1B… Eh bien, je suis libre ce soir et je me demandais si vous faisiez quelque chose… Oh, zut… Oui, j'en ai trois moi aussi lundi. En temps normal, je ne sortirais pas, mais là, c'est une occasion spéciale… On partagera, j'insiste… D'accord, merci beaucoup. À 8 heures. (Elle raccrocha.) Et voilà. C'était facile.

— Tu n'as aucune honte, dit Cathy. Tu l'as même remercié.

— Oui, bien sûr. Il me rend un service.

— Ha ! ha ! Je parie qu'il avait peur de t'inviter.

— Pas Joe, dit Julie.

Carr ne fut pas content du tout…

— Cathy, est-ce qu'on ne peut pas aller quelque part tous les deux – dîner aux chandelles – se regarder dans les yeux…

— Allons, Carr, je me suis déjà fait détester une fois ce soir. Je ne veux pas recommencer. Et puis, nous devons rentrer tôt.

Carr se détourna d'un air boudeur.

— Il faut que j'aille m'habiller, dit Cathy. Assieds-toi et attends ici tranquillement, ou va lustrer ta Jaguar.

À 20 heures, on sonna à la porte. Une première année accourut pour ouvrir. Un jeune homme musclé, aux cheveux foncés et au teint bronzé, se tenait sur le seuil.

— Pourriez-vous dire à Julie Hovard que Joe Treddick est là ?

— Très bien. Entrez, je vous en prie.

Joe Treddick avait des manières très calmes, un visage dur et viril. En voyant Carr, il le salua d'un hochement de tête et s'assit.

Julie apparut, vêtue d'une robe de jersey gris très simple, avec sur la tête un minuscule béret blanc en laine. Elle avait l'air d'une princesse. Elle fit un signe de la main à Carr et sourit à Joe Treddick.

— Hello, Joe.

— Hello, Julie.

Elle baissa la voix :

— Si quelqu'un te demande, on a fixé ce rendez-vous il y a deux ou trois jours.

— Comme tu voudras.

Elle jeta un coup d'œil vers Carr, qui l'observait d'un œil soupçon-neux. Mais Cathy arriva à son tour, et l'attention de Carr fut distraite.

— Carr est un vieil ami, expliqua rapidement Julie. Il est fou amou-reux de Cathy, mais elle ne veut pas l'encourager. C'est pour ça qu'elle m'a demandé de sortir avec eux.

— Je vois, fit Joe Treddick.

Julie lui prit la main et ils rejoignirent Carr, qui s'était levé et dévo-rait Cathy des yeux, les mains posées sur ses épaules.

Cathy était vêtue de beige. Avec ses longs cheveux noirs et soyeux, ses yeux comme de l'ambre fondue, ses lèvres roses et tendres, elle n'aurait rien pu faire pour être encore plus belle. Elle avait fait de son mieux pour remuer le couteau dans le cœur de Carr.

Celui-ci proposa un dîner dansant au Fairmont, mais Cathy s'écria d'un air horrifié :

— C'est hors de prix, Carr !

— Oui, renchérit Julie, Joe n'est pas millionnaire. Nous devons avoir l'esprit pratique, Carr.

— Qui veut avoir l'esprit pratique ? déclara Carr d'un air hautain.

— Personne n'en a vraiment envie, dit Joe.

Carr se rangea de mauvaise grâce à l'avis de la majorité. Comme ils ne pouvaient pas tenir à quatre dans la Jaguar, ils prirent la décapotable de Julie, avec Carr et Cathy à l'arrière.

Ils traversèrent le pont pour se rendre à San Francisco, où ils firent la tournée des bars : le Green Dragon dans Chinatown, le Paper Doll dans North Beach, le Finnish Bar sur le front de mer, le Club Hangover dans Bush Street… Carr apportait un grand soin à sa conversation, formulant des épigrammes, des critiques sophistiquées et des traits d'esprit qui semblaient toujours dénigrer quelqu'un ou quelque chose. Et il s'attachait à ce que la conversation se concentre sur San Giorgio et les souvenirs communs, de sorte que Joe Treddick se trouvait exclu du groupe.

Quoi qu'il pût en penser, Joe Treddick n'en manifestait aucun signe. Il écoutait poliment, riait aux plaisanteries de Carr, et ne faisait aucun effort pour rivaliser avec lui. Après quelques verres, Carr adopta une attitude condescendante :

— Qu'est-ce que tu étudies, Joe ?

— Je suis ingénieur des travaux publics.

— Ça doit demander pas mal de travail physique, dit Carr en riant. Moi, si je peux me servir de mon cerveau au lieu de mes muscles, ça me convient parfaitement.

— C'est vrai que ce n'est pas de tout repos, reconnut Joe. Mais si je voulais vivre aux crochets de la société, je choisirais une carrière politique.

Julie dit gaiement :

— Carr a l'intention de se présenter au poste de sénateur.

Et tous jetèrent un bref coup d'œil à Carr.

— Tu es allé voir Diane ? lui demanda Cathy.

— Non, répondit-il sèchement.

— Nous sommes allées la voir l'hiver dernier, et elle est venue déjeuner avec nous – oh, il y a une quinzaine de jours.

— Comment ça se passe pour elle ?

— Eh bien, dit lentement Cathy, elle n'est pas très heureuse… Vivre avec George, ça doit être comme vivre avec un… un léopard.

— Qu'est-ce qu'il a de spécial ?

— Oh… il a des sautes d'humeur, il est un peu lunatique.

Carr poussa un soupir.

— Bon, je vais sans doute devoir passer la voir… Je lui ai rapporté du parfum français, que j'ai acheté à Grasse. Il n'y a que les gogos pour l'acheter à Paris. On peut s'acheter tout un flacon de n'importe quel parfum, si on sait où aller. Bien sûr, il faut avoir du nez, ou sinon, ils vous refilent de la lotion après-rasage. C'est pareil pour les vins. Ils croient que, sous prétexte qu'on est américains, on n'a aucun goût. (Il se cala dans son fauteuil, manifestement très content de lui.) Si tu envisages un jour d'aller en Europe, Joe, dit-il d'un ton paternel, dis-le-moi et je te donnerai quelques conseils.

— Merci, dit Joe. Mais je ne pense pas y retourner avant un moment.

— Ah, fit Carr. Tu y es déjà allé ?

— Oui, de temps en temps.

— De temps en temps ? Je ne comprends pas.

— Je suis un ancien marin.

— Ah, pendant ton service, alors.

— Non. J'étais dans la marine marchande. J'ai un brevet de troisième lieutenant. Je devrais préciser que ce sont des papiers panaméens. Il suffit de savoir lire pour les obtenir.

— Ça doit être vraiment amusant ! dit Julie.

— On n'a pas souvent l'occasion de humer des parfums ni de boire des grands crus. On boit avec les paysans. *Vino rosso* – schnaps – slivovitz – retsina… Dans le Pacifique, il y a toujours des noix de bétel.

— Ah ! s'écria Julie avec enthousiasme. C'est comme ça que j'aimerais voyager ! En payant, c'est trop facile.

Carr contemplait en silence son verre de whisky, en se disant qu'il n'avait sans doute jamais autant détesté quelqu'un que Joe Treddick.

Vers une heure du matin, Cathy insista pour rentrer.

De retour à la résidence étudiante, Carr voulut que Cathy l'accompagne pour faire un tour dans la Jaguar, mais elle dit qu'il fallait absolument qu'elle aille se coucher.

Joe descendit sur le trottoir pour accompagner Julie jusqu'à la porte, mais elle lui dit :

— Monte, Joe. Je vais te déposer chez toi.

Joe monta, et Julie démarra.

— Dis-moi où tu habites.

— Barrington Hall.

— J'espère que tu ne t'es pas trop ennuyé, dit Julie. Carr est plutôt rasoir. Mais nous le connaissons depuis toujours, ça fait sans doute une différence.

— J'ai passé un très bon moment.

— J'ai dit qu'on partagerait, dit Julie en riant, mais je ne sais pas comment m'y prendre pour te donner de l'argent.

Joe sourit.

— N'y pense plus.

Elle s'arrêta devant la pension de Joe, qui descendit.

— Bonne nuit, Julie.

— Bonne nuit. Heu… Joe ?

— Oui ?

— Est-ce que tu trouves que je suis une enfant gâtée, une horrible snob qui a trop d'argent et un complexe de supériorité ?

— Je n'y ai pas vraiment beaucoup réfléchi.

— Mais si tu le pensais, tu ne voudrais plus sortir avec moi…

— Non, dit Joe avec un léger sourire, sans doute pas.

— Eh bien, de toute façon, je ne peux pas sortir avant la fin des partiels – mais après, tu pourras m'inviter.

— D'accord, fit Joe. Bonne nuit.

— Bonne nuit, Joe.

Il regarda les feux arrière s'éloigner dans la rue.

* * *

Carr décida qu'il ne pouvait plus repousser sa visite davantage. Après tout, c'était sa sœur.

Il réfléchit d'abord soigneusement. Il ne voulait pas rencontrer le mari, ce type qui jouait du piano – cela reviendrait à marquer l'approbation de la famille.

Après avoir récupéré l'adresse, il se rendit au Kalmyra Club, à San

Francisco. C'était un endroit luxueux, et Carr en fut étonné – il s'était attendu à un bouge minable.

Il se fraya un chemin jusqu'au bar, situé sur une mezzanine. Il commanda un whisky-soda et examina les alentours.

C'était l'entracte, et les musiciens étaient descendus de l'estrade. Un Noir y remonta et se mit à jouer du sax ténor. Carr avait beau faire, il n'arrivait pas à suivre la mélodie. Le son était doux et calme, mais en même temps haché et discordant. Un instant plus tard, le pianiste et le guitariste montèrent sur l'estrade, et le Manley High Trio commença à jouer.

Sans prêter attention à la musique, Carr examina le pianiste. C'était donc là George Bavonette... Son beau-frère. Il avait un air distingué, sévère, et se concentrait sur son jeu. Il avait le teint pâle et les yeux brillants.

George se lança dans un long solo, et quand il eut terminé, il accepta les applaudissements en inclinant brièvement la tête. « Waouh, fit un homme à côté de Carr, il est vraiment génial, ce soir. »

Carr alla dans une cabine téléphonique et composa le numéro que Cathy lui avait donné.

Diane décrocha.

— Hello, Diane. C'est Carr.

— Carr ?

La voix de Diane était à la fois tremblante et sèche.

— Oui, Carr. Je serai à ton appartement dans dix minutes.

— OK, Carr, dit-elle d'un ton neutre.

L'appartement était moins loin qu'il ne l'avait cru, et il ne lui fallut que cinq minutes pour s'y rendre. En bas de l'immeuble, il repéra l'indication : *George et Diane Bavonette, Appt 32*. Il sonna un coup, mais remarquant que la porte était entrebâillée, il entra. Il n'y avait pas d'ascenseur. Il gravit les marches recouvertes d'un tapis pour accéder au deuxième étage.

Arrivé sur le palier, il s'arrêta en maudissant le gérant de l'immeuble qui lésinait sur l'éclairage.

Sur la gauche, au fond du couloir, se tenait un homme en veste beige et pantalon de flanelle gris. Le dos tourné, il regardait par une porte vitrée où était inscrit : ISSUE DE SECOURS.

Carr prit le couloir à droite et trouva le numéro 32. Il frappa à la porte, qui s'ouvrit.

— Entre, Carr, dit Diane en reculant.

Il entra lentement dans l'appartement et se retourna pour regarder Diane. Il fut stupéfait.

Elle était en pyjama et robe de chambre, les joues rouges, le regard vague. Son rouge à lèvres était barbouillé, ses cheveux décoiffés. On aurait dit qu'elle avait trente ans.

— Assieds-toi, Carr, dit-elle dans un souffle. Assieds-toi.

— Qu'est-ce qui se passe ? Tu as vraiment un drôle d'air...

— Ha, dit-elle avec un petit rire. Ha... Tu aurais un drôle d'air, toi aussi...

Carr lui tendit un petit paquet.

— Je t'ai rapporté ça de France.

Diane prit le paquet et le posa sur la table. Carr l'observait avec irritation. Elle sembla parvenir à une décision.

— Carr.

— Oui, quoi ?

— Il s'est passé quelque chose. Tu ne devineras jamais.

— Non, bien sûr, dit-il sèchement.

Diane s'adossa aux étagères chargées de disques.

— Tu viens juste de rater un vieil ami.

— Tu es saoule ? Ou droguée ?

Elle sourit.

— J'aimerais bien. Je me sens toute drôle, comme si j'avais vu un fantôme.

— Bon, arrête tes comédies.

Diane se passa la main dans ses cheveux en bataille et vint s'asseoir à côté de son frère.

— Carr – est-ce que tu te souviens de Robert Struve ?

Il cligna des yeux, réfléchit une seconde.

— Oui, naturellement. Eh bien ?

— Tu l'as manqué à une minute près.

— Ça alors ! Est-ce qu'il avait une veste beige ?

— Oui, quelque chose comme ça. Une veste en tweed beige.

— Hmm... marmonna Carr. Je l'ai vu dans le couloir. Il me

tournait le dos. Bon sang, je me disais bien aussi que je l'avais déjà vu quelque part ! (Il la regarda attentivement.) Qu'est-ce qu'il faisait chez toi ?

— Oh… eh bien…

— Mais par tous les diables ! Robert Struve ? Comment as-tu pu le supporter ?

— Il a changé. Ah ça, oui, qu'est-ce qu'il a changé…

Carr secoua la tête comme un taureau en furie.

— Je ne comprends pas… Non, je ne comprends vraiment pas. Que faisait-il ici, d'abord ?

Diane contempla ses pieds.

— Oh… bon, après tout, autant que tu le saches. Je ne m'entends pas très bien avec George. Il me traite comme une… comme une table de bridge ! Quelque chose qu'on déplie quand on en a besoin, et puis qu'on replie et qu'on range dans un placard. Alors, poursuivit-elle d'une voix de nouveau hésitante, j'ai rencontré… Robert. Lui savait qui j'étais, mais moi, je ne l'ai pas reconnu. Il a changé de nom.

— Continue, dit-il d'une voix au timbre métallique.

— Je l'ai rencontré, et il m'a plu. Il y avait quelque chose en lui… (elle s'interrompit un instant pour contempler une image mentale). Bon, George a aussitôt soupçonné le pire, et il m'a mené une vie d'enfer. J'ai donc continué de voir … Robert.

— Continue.

— Il n'y a pas grand-chose à dire, en vérité. C'est juste la façon bizarre dont les choses se sont passées. Voilà un type qui semblait gentil, un étranger. Il m'a plu, j'ai fait quelques bêtises, et tout à coup, je le regarde, et je me rends compte que c'est quelqu'un d'autre qui s'est déguisé. Quelqu'un d'un peu horrible.

— Qu'est-ce qu'il a d'horrible ? demanda Carr avec curiosité.

Elle secoua la tête d'un air perplexe.

— Il a toujours été un peu spécial. Tu te souviens, au football ? Il devenait comme fou. Quand il avait le ballon, on aurait pu lui casser les jambes, ça ne l'aurait pas arrêté.

— Qu'est-ce que ça a à voir avec toi ? Tu ne lui as jamais rien fait.

— Oui, c'est ce que je lui ai demandé. Je lui ai dit : « Robert, nous avons toujours été amis. Pourquoi me regardes-tu comme ça ? » Il m'a répondu : « Diane, quand un saumon naît, il descend le cours de la rivière jusqu'à la mer. Des années plus tard, il revient. Il a une mission. Il n'a pas le choix, il est poussé par une nécessité intérieure. » « Oui, mais tu n'es pas un saumon. » « Non, c'est vrai, mais j'ai des compulsions, et j'en sais assez pour comprendre leur nature, et le seul moyen que j'ai de m'en débarrasser. »

— Quel genre de compulsions ? demanda Carr. Il te l'a dit ?

— Non, je n'ai pas prétendu comprendre quoi que ce soit, et je ne sais pas d'où il tire tous ces trucs psychologiques.

— Voyons voir, dit Carr. Il est sorti de prison... oh, ça doit faire plus d'un an, maintenant. J'imagine qu'il est amer.

— Il a été traité de façon injuste. Mais ce n'était pas ma faute.

— Il a peut-être eu ce qu'il voulait, suggéra Carr. Tout le reste, c'est peut-être dans ton imagination.

— Mon imagination ? s'écria Diane. Je ne sais pas ce que j'imagine. Je ne sais pas ce qu'il pense ! J'ai peur...

— Peur ? Pourquoi aurais-tu peur ?

— Je ne sais pas...

Carr se leva.

— Bon, si j'étais toi, je rentrerais à la maison. Maman est furieuse, mais pas au point que tu ne puisses pas la faire changer d'avis. En fait, elle sera contente de te voir.

— Je suis désolée pour George, dit Diane. C'est vraiment quelqu'un de gentil, quand on le connait bien... Je ne voudrais pas lui faire de la peine.

Carr posa la main sur la poignée de la porte.

— Il faut que j'y aille... Il y a quelque chose que tu voudrais que je dise à Maman ?

Diane regarda par la fenêtre.

— Je lui passerai un coup de fil un de ces jours. Peut-être demain. Quand je saurai un peu mieux où j'en suis.

— Au revoir, dit Carr.

Diane retourna s'asseoir sur le canapé, les jambes tendues devant elle dans une position peu élégante. Elle vit le cadeau de Carr, mais l'énergie lui manqua pour l'ouvrir. Elle pensa un instant se faire du café, et repoussa l'idée. Elle pensa à Robert Struve.

La porte de l'appartement s'ouvrit. Diane vit qui c'était, et le regarda avec étonnement.

— Hello, dit-elle d'une voix rauque. C'est… inattendu.

— C'est ce que j'ai pensé aussi.

Il s'approcha d'elle, et elle vit qu'il tenait à la main un couteau de boucher. Les mots se bousculèrent dans sa gorge :

— Que… qu'est-ce que tu fais ?

— J'ai décidé de te tuer.

— Non… tu ne peux pas. Tu as eu tout ce que tu voulais de moi, dit-elle d'une voix étranglée. Je t'ai donné tout ce que tu voulais…

Il secoua la tête.

— Non. Non. Non.

D'une main, il la prit par les cheveux. Elle le regarda simplement, sans opposer de résistance. Il lui planta le couteau dans la gorge. Au bout d'un moment, il se pencha vers elle et lui taillada le visage, sauvagement. Enfin, il recula d'un pas en haletant.

Il alla dans la salle de bain, où il retira ses gants en caoutchouc et se lava les mains. Ensuite, il prit un sac en papier dans la cuisine, dans lequel il mit les gants et le couteau.

Sur le seuil de la porte, il jeta un coup d'œil vers le canapé et le corps mutilé. Il pinça les lèvres, secoua légèrement la tête et sortit.

CHAPITRE VII

Carr téléphona à la résidence Delta Rho Beta.

— Cathy McDermott, s'il vous plaît.

— Désolée, elle est absente pour la soirée. Voulez-vous lui laisser un message ? fit une voix.

— Dites-lui que Carr Pendry a appelé.

Carr retourna au bar pour boire son whisky. Il était jaloux, mal à l'aise, malheureux et seul. Les choses n'allaient pas comme il voulait. Il était difficile d'être en colère contre Cathy. Mais après tout, c'était sa chérie, et c'était comme ça depuis des années.

Des images commencèrent à flotter dans son esprit : Cathy dansant avec un autre homme, l'embrassant à l'arrière d'une voiture... Il termina son verre d'un trait. Il allait lui montrer... C'était un petit jeu qu'on pouvait jouer à deux. Il fit signe au barman.

— Oui, monsieur ?

— Dites-moi, où peut-on trouver un peu de distraction... de qualité ?

Le barman détourna les yeux pour regarder dans le vide.

— Je serais bien incapable de vous le dire, monsieur.

Il s'éloigna, et revint au bout d'un moment avec une carte.

— J'ai trouvé ceci par terre l'autre jour. Personnellement, je ne sais pas de quoi il s'agit.

— Merci, dit Carr.

— Je vous en prie, dit le barman.

Il était encore tôt dans la soirée quand Carr ressortit. Le Kalmyra Club n'était pas loin, Quand il y entra, le Manley Hatch Trio était déchaîné.

George prit un long solo, son profil austère concentré sur les touches de son piano. Ses doigts produisaient des sons fantastiques, une succession déconcertante de phrases non mélodiques.

Il termina sous un tonnerre d'applaudissements. Carr regarda autour de lui d'un air perplexe. Qu'y avait-il donc dans cette musique ? Quelque chose qu'il ne comprenait pas ?

Son deuxième verre avait à peine un goût de whisky. Il rappela la barmaid :

— Reprenez cette eau de vaisselle et apportez-moi un vrai scotch.

— Oui, monsieur.

Elle lui apporta un autre verre, qui n'était pas beaucoup mieux. D'ailleurs, c'était peut-être le même… Furieux, il le laissa sur la table.

Le morceau se termina. George Bavonette passa à côté de Carr, qui le retint par la veste. George le regarda en fronçant les sourcils.

— Si vous voulez un souvenir, dit-il, je peux vous signer un autographe.

— Asseyez-vous, dit Carr. Il faut que je vous parle.

— Impossible, répondit George en commençant à s'éloigner.

— C'est au sujet de Diane, ajouta Carr.

George se retourna vivement.

— Comment ça, Diane ?

— Je suis son frère.

George le regarda fixement avec ses yeux brillants.

— Ah, vous êtes son frère, hein ? Son Altesse royale de frère ? Qu'est-ce que vous faites ici ?

— Simple curiosité. Cette musique est très intéressante.

George s'installa dans un fauteuil.

— D'où vient ce soudain amour fraternel ?

— Je suis rentré tout récemment d'Europe, expliqua Carr. C'est la première fois que j'ai eu l'occasion de la voir.

— Ah, fit George. Vous avez vu Diane, hein ?

— Oui. Un peu plus tôt dans la soirée.

George hocha lentement la tête.

— Combien de gars avez-vous vu s'enfuir par-derrière quand vous avez ouvert la porte ?

— Il n'y a aucune raison de parler comme ça, dit Carr d'un ton glacial.

— Ha ! s'esclaffa George. De toute façon, ça n'a plus d'importance. Parce que la chanson est terminée. À partir de maintenant… (il fit un large geste de la main)… elle vit sa vie, et je vis la mienne.

Carr reprit soudain espoir.

— Vous voulez dire que vous avez l'intention de la quitter ?

George se leva.

— L'intention ? C'est déjà fait. Je suis parti.

Il fit un petit signe d'adieu et s'en alla.

Carr se mit à réfléchir. C'était une bonne nouvelle. Diane allait pouvoir rentrer avec lui à San Giorgio, et se construire une nouvelle vie.

Carr sortit du Kalmyra et se rendit à l'appartement. Comme la fois précédente, la porte était entr'ouverte. Il monta l'escalier et frappa au 32.

Pas de réponse.

Il tourna la poignée de la porte. Elle s'ouvrit.

* * *

Vers trois heures du matin, la police laissa Carr partir. Il conduisit comme un somnambule jusqu'au Fairmont, où il prit une chambre. Là, il se laissa tomber dans un fauteuil et se mit à sangloter.

Ce visage si familier, maintenant si effroyablement étrange, avec tous les secrets de sa structure révélés… Il crispait et décrispait les poings… Quand ils attraperaient l'assassin…

Mais est-ce qu'ils l'attraperaient ? Tant de crimes de ce genre restaient impunis…

Ah, mais celui-là, il ferait ce qu'il faudrait pour que la police le résolve ! Il les harcèlerait jusqu'à ce qu'ils y arrivent ! Le lieutenant Spargill de la brigade criminelle semblait compétent – un homme grand et sensible, avec des cheveux blonds très fins.

Carr lui avait tout raconté : le mariage malheureux de Diane, sa liaison particulière avec Robert Struve.

— Ce soir même, elle m'a dit qu'elle avait peur de lui. Il l'a menacée.

— Robert Struve, hein ? Où habite-t-il ?

— Ma foi, je ne sais pas.

— Pouvez-vous me le décrire ?

— J'ai bien peur d'en être incapable. Et ce n'est probablement pas le nom qu'il utilise.

— Ce nom, vous ne le connaissez pas ?

— Elle ne l'a pas mentionné. Je voulais lui demander, et j'ai oublié. (Carr se leva d'un bond et se mit à faire les cent pas dans le bureau.) Si seulement je pouvais tenir ce type entre mes mains…

— Calmez-vous, Mr Pendry. Nous le trouverons…

Dans sa chambre d'hôtel, Carr finit par s'endormir.

Il se réveilla avec un effroyable mal de tête. Il appela le service d'étage et commanda du café, puis il se força à téléphoner à San Giorgio.

La conversation fut aussi pénible qu'il l'avait craint. Pire. Il parvint à convaincre son père de ne pas venir à San Francisco, et promit de rentrer aussitôt à San Giorgio.

À 10 heures, il appela le lieutenant Spargill. Celui-ci se montra très poli, mais également très évasif.

— Nous examinons soigneusement la situation, Mr Pendry. En fait, je pense que nous tenons une piste très sérieuse.

— Très bien ! s'exclama Carr avec férocité. J'espère que vous le pendrez à la plus haute branche !

— Nous ferons certainement de notre mieux.

— Y a-t-il une raison pour que je sois obligé de rester à San Francisco ?

— Non, non, aucune. Où serez-vous, si nous avions besoin de vous joindre ?

— À San Giorgio. Vous avez mon adresse.

— Très bien, Mr Pendry. Nous vous appellerons en cas de besoin.

Quand Carr arriva à San Giorgio, le *Herald-Republican* avait déjà publié la nouvelle en première page :

UNE JEUNE FEMME DE SAN GIORGIO VICTIME D'UN HORRIBLE ASSASSINAT AU COUTEAU

La mère de Carr était alitée. On lui avait administré des calmants. Son père était dangereusement tendu. Carr lui raconta de nouveau toute l'histoire.

— Tu ne te souviens sans doute pas de lui. Il n'a jamais fréquenté notre petite bande.

— Struve, dit pensivement Pendry. (C'était un homme très mince,

JACK VANCE

aux cheveux gris-blond avec une élégante moustache.) Robert Struve…
Non, je ne vois pas.

— C'est le gamin qui avait démoli mon scooter. Ça te revient ?

— Ah, oui…

Le *Herald-Republican* fut informé de l'arrestation avant les Pendry.
Carr lut l'article avec stupéfaction.

— Ils ont attrapé son mari. Ils ont arrêté Bavonette !

— Bavonette ? s'exclama son père. Mais tu m'as dit…

— C'est une terrible erreur, marmonna Carr. J'ai moi-même parlé à
George dans le night-club.

Pelton Pendry fronça les sourcils d'un air dubitatif.

— Ils n'auraient pas procédé à cette arrestation s'ils n'étaient pas
sûrs de leur coup…

— Bah, je les connais, ces policiers ! Ils attrapent le premier suspect
qui leur tombe sous la main, et ils disent que l'affaire est bouclée. Ils
ne savent sans doute pas où trouver Struve. (Carr se leva.) Je retourne
là-bas.

— Je ferai peut-être mieux de t'accompagner, dit Pelton Pendry.

* * *

Le lieutenant Spargill les reçut avec courtoisie.

— Il n'y a absolument aucun doute là-dessus, leur dit-il. Bavonette
est bien l'assassin.

— Mais je l'ai vu moi-même ! s'écria Carr. Je lui ai parlé au Kalmyra
Club.

— Oui, mais combien de temps après avoir quitté votre sœur ?

— Ah…

Carr se tut brusquement.

— Eh bien ? insista Spargill

— Deux heures, sans doute, dit Carr. Ça devait être vers onze heures
et demie.

Spargill hocha la tête.

— Eh bien, voilà.

— Mais enfin… il jouait dans le night-club ! Il n'a pas pu s'absenter
comme ça, sans que quelqu'un le remarque !

— De 21 h 45 à 22 h 10, les musiciens ont fait une pause. Il avait tout le temps qu'il fallait.

— N'empêche que cela ne prouve toujours rien. Diane avait peur de ce Robert Struve. Il l'avait menacée ! Il était...

Le lieutenant Spargill l'interrompit :

— George Bavonette était connu pour sa jalousie maladive. Diane était connue... hem, si vous voulez bien me pardonner, c'était une jeune femme qui se montrait très amicale. À plus d'une occasion, ils ont eu de violentes disputes.

— Oui, mais...

— Par ailleurs, nous avons des éléments de preuve que nous n'avons pas communiqués à la presse. De façon strictement confidentielle – nous avons retrouvé l'arme du crime et une paire de gants en caoutchouc. Ils étaient dans une poubelle derrière le bâtiment du Kalmyra Club.

— Quelqu'un n'aurait-il pas pu les y déposer pour l'incriminer ? demanda timidement Carr.

— Nous vérifierons tous les aspects, dit Spargill. Mais je suis certain que nous tenons notre homme. Ce genre d'affaire suit des schémas classiques.

* * *

Une cérémonie funèbre se tint le lendemain dans l'intimité, et Diane Pendry reposa désormais dans la concession familiale.

Une nouvelle information parut dans le *Herald-Republican* : George Bavonette était passé aux aveux.

Carr Pendry jeta le journal par terre.

— C'est un coup monté !

— Mais il a bien reconnu être l'assassin, non ? demanda sa mère. Il ne l'aurait pas fait s'il n'était pas coupable.

Ses yeux étaient encore rouges, mais cinq jours s'étaient écoulés, et elle était désormais capable de parler sans fondre en larmes.

— Tu ne sais pas comment sont ces policiers, dit Carr. Bavonette est un instable. S'ils l'ont suffisamment harcelé, il aura été prêt à avouer tout ce qu'ils voulaient. Je vais aller le voir pour lui parler en personne.

* * *

Il n'eut aucune difficulté à rencontrer Bavonette, qui se présenta derrière le grillage du parloir avec un visage de marbre.

— Hello, dit Carr en s'efforçant de maîtriser sa voix qui avait tendance à trembler (après tout, c'était peut-être le coupable…). Vous vous souvenez de moi ? Je suis le frère de Diane.

— Oui, oui, fit George. Je vous remets, maintenant.

Carr se lança dans le discours qu'il avait soigneusement préparé.

— J'ai lu dans le journal que vous aviez avoué le crime.

George le regarda simplement sans rien dire. Carr poursuivit :

— Mais nous ne sommes pas convaincus que vous soyez le coupable.

George ne dit toujours rien.

— Eh bien ? demanda Carr sèchement. Avez-vous commis ce meurtre ?

— C'est ce qu'ils disent.

— Vous ont-ils contraint à passer aux aveux ?

— Je ne l'ai pas fait par plaisir.

— Avez-vous un avocat ?

— À quoi bon un avocat ? Ils me tiennent solidement.

Carr hocha la tête.

— Vous ne devez pas abandonner tout espoir. Plaidez non coupable. Dites qu'ils vous ont forcé à avouer. Je sais qui est le véritable assassin.

George manifesta une certaine curiosité.

— Ah, vraiment ? Et que comptez-vous faire ?

— Tout ce que je pourrai. Mais j'aurai besoin de votre aide.

— Je ne peux rien faire pour vous. Ils m'ont enfermé dans ce trou, comme vous pouvez le voir.

— Je veux parler d'informations.

— Je ne sais absolument rien.

Carr l'assura qu'il veillerait sur ses intérêts, et quitta la prison. Il téléphona à Cathy, puis il se rendit à la résidence Delta Rho Beta.

— Allons quelque part où nous pourrons parler tranquillement, proposa-t-il.

— Nous pouvons aussi bien parler ici, répondit Cathy. J'ai deux livres à lire avant demain.

Carr dit avec agacement :

— J'aimerais bien que, de temps en temps, tu n'aies pas trente-six autres choses à faire quand je te vois.

— Calme-toi, Carr, dit Cathy d'une voix douce. En réalité, ça n'a pas vraiment d'importance.

— Ah bon ?

Elle portait un jean bleu et un sweater jaune. Il la dévorait des yeux, ce qui la mit mal à l'aise.

— Oh, arrête, Carr. (Elle s'installa dans un coin du canapé, une jambe repliée sous elle.) Nous sommes tous très tristes pour Diane.

Carr hocha la tête avec une sorte de détermination belliqueuse.

— Quel que soit le type qui l'a tuée – il ne s'en tirera pas comme ça.

Cathy fut étonnée.

— Mais c'est George qui l'a tuée !

Carr haussa les épaules.

— Je n'en suis pas si sûr. Je viens juste de le voir.

— Qu'est-ce qu'il t'a dit ? Est-ce qu'il dit que ce n'est pas lui ?

— Non, pas de façon aussi précise. Mais j'ai vu Diane, tu sais – sans doute une heure à peine avant que….

Julie entra dans la pièce.

— Hello, Carr.

Cathy lui fit de la place sur le canapé.

— Nous étions en train de parler de Diane.

— Ah, fit Julie en s'asseyant. Il y a du nouveau ?

— Je ne suis pas si sûr que ça que George soit l'assassin, dit Carr.

— Pourquoi donc ?

— Diane m'a dit quelque chose, une heure seulement avant qu'elle… avant ce qui s'est passé. Vous saviez qu'elle avait une liaison ?

Julie haussa les épaules.

— Diane était toujours amoureuse de quatre hommes en même temps.

— Eh bien, vous ne devinerez jamais qui était son petit ami.

— Qui ça ?

— Robert Struve.

— Tu veux dire… *notre* Robert Struve ? De San Giorgio ?

— Lui-même.

— Mais…

— Elle ne l'a pas reconnu – son visage a été refait. Sans doute de la chirurgie réparatrice. Et il porte un nom différent. Elle m'a dit qu'il l'a menacée, qu'il avait une compulsion.

— Une compulsion pour faire quoi ?

— Pour faire ce qu'il a fait, j'imagine.

— Tu l'as dit à la police ? demanda Cathy.

— Oui, bien sûr que je leur ai dit. Et puis ils ont arrêté George, et ils l'ont forcé à avouer.

— Et maintenant, il dit que ce n'est pas lui ?

— Il ne dit pas grand-chose, en fait.

Julie sembla sceptique.

— Ils doivent être vraiment sûrs d'eux, Carr. Ils ne l'auraient pas arrêté s'ils n'avaient pas de bonnes raisons.

Carr prit un air condescendant.

— Ma chère enfant, dit-il, les policiers sont des *gens* !

— C'est bien ce que veux dire.

— Bon, fit Carr, toujours est-il qu'au cas où j'aurais raison, et si Struve est un fou, vous devez faire très attention à vous.

— Il n'a aucune raison de venir nous embêter, dit Julie.

— Il n'avait aucune raison d'embêter Diane. Et pourtant, il lui a tailladé le visage jusqu'à ce qu'il n'en reste plus rien !

CHAPITRE VIII

George Bavonette fut jugé pour le meurtre de Diane Pendry Bavonette. À aucun moment il n'y eut le moindre doute sur l'issue du procès. L'accusé plaida la folie, mais le jury ne se retira que quelques minutes avant de revenir avec le verdict : coupable de tous les faits reprochés.

Le juge condamna George Bavonette à être exécuté dans la chambre à gaz. Bavonette se contenta de l'écouter en tambourinant un rythme complexe sur la barre en chêne du box des accusés

Carr Pendry eut un entretien houleux avec l'avocat.

— Qu'est-ce que c'était que cette défense ? « Folie » ! Bah ! Vous auriez dû plaider non coupable et vous battre jusqu'au bout !

L'avocat secoua calmement la tête et dit courtoisement :

— Il n'y avait aucune chance, Mr Pendry. Vous ne tenez pas compte des preuves accumulées contre Bavonette. Le mieux que nous pouvions espérer était de faire jouer l'accès de folie. C'était manifestement l'acte d'un esprit déséquilibré.

— Là-dessus, je suis d'accord, dit sèchement Carr. Mais pourquoi ne pas poursuivre le véritable assassin ?

— Comment pouvez-vous être aussi certain de l'innocence de Bavonette ? Il n'y a pas le plus petit élément de preuve pour indiquer qu'il n'a pas commis ce crime.

— Je me repose sur ce que ma sœur m'a dit.

— Cela ne prouve rien.

* * *

Deux semaines plus tôt, Joe Treddick avait dit à Julie qu'il comptait se rendre à Monterey le samedi suivant, et lui avait demandé si elle aimerait l'accompagner.

— Oui, bien sûr, dit Julie. Du moment que je peux être de retour vers 6 ou 7 heures. C'est le grand bal des confréries, et j'ai un cavalier. Qu'est-ce qui se passe, à Monterey ?

— Il faut que je me trouve un job d'été. Un ami à moi – du temps de la marine marchande – possède un bateau de pêche. Quitte à devoir faire quelque chose, autant attraper des poissons.

Ils étaient en train de prendre un café au restaurant Chez Jack, devant Sather Gate. Julie, qui regardait par la fenêtre, fit un signe de la main à un grand jeune homme aux cheveux noirs, avec des yeux enfoncés dans les orbites et un nez busqué arrogant, qui marchait dans Telegraph Street.

— C'est Tex Hanna, dit-elle. Kappa Alpha. C'est mon cavalier pour le bal de ce soir.

Elle observait Joe comme un chaton guettant la réaction d'un criquet auquel il aurait donné un petit coup de patte.

Joe regarda Tex Hanna s'éloigner, puis il se tourna vers Julie :

— C'est un joli garçon.

Julie but une gorgée de café. Les réactions de Joe étaient toujours imprévisibles. Il n'était probablement pas plus âgé que Tex. En tout cas, pas aussi âgé que Carr.

Joe était détendu. Il regardait Julie avec un air d'appréciation tranquille, qu'elle ne trouvait pas du tout désagréable.

À huit heures du matin le samedi suivant, Joe gara sa vieille Plymouth bleue devant la résidence Delta Rho Beta, et Julie dévala les marches. Elle portait un pull bleu marine et une jupe en jean bleu délavé.

— Tu es ponctuel, dit-elle en montant dans la voiture.

— Toi aussi.

— Oh, j'ai toutes sortes de qualités.

Ils partirent vers le sud. Le soleil était phosphorescent dans la brume matinale qui flottait sur la baie. À San Jose, la brume se dissipa et le soleil devint jaune. À Monterey, un vent venu de Hawaï faisait se balancer les cyprès et frisait les vagues d'écume blanche.

Joe se gara devant Fisherman's Wharf. Ils descendirent et avancèrent sur la jetée. En contrebas, les bateaux de pêche bleus et blancs se balançaient et gémissaient en tirant sur leurs amarres. Il flottait dans l'air une odeur de goudron et de poisson, et de minuscules gouttes d'eau de mer leur picotaient le visage. Joe s'arrêta à mi-chemin et fronça les sourcils en voyant un petit chalutier gris. Il sortit une lettre de sa poche et vérifia le numéro de l'amarrage.

— C'est le bon endroit, dit-il, mais pas le bon bateau.

Un Italien aux cheveux frisés apparut sur le pont du chalutier, un seau d'eau de cale à la main.

— Salut ! lui lança Joe. Où est le *Consuela* ?

— Il est parti. Ça fait quinze jours. À San Diego, je crois.

— Merci.

Ils rebroussèrent chemin. Julie le prit par le bras.

— Vraiment dommage, Joe.

— Il y avait peu de chances, de toute façon. (Il consulta sa montre.) Onze heures et demie. Qu'est-ce que tu dirais d'aller déjeuner ?

— J'ai faim.

Dans un restaurant au bout du quai, ils mangèrent une chaudrée de palourdes et une friture de poissons. Joe semblait tendu et agité. Julie était perplexe. Ce n'était quand même pas le fait d'avoir raté le bateau de pêche qui le mettait dans cet état…

Après le déjeuner, ils allèrent se promener le long du front de mer. Les mouettes criaient et tournoyaient au-dessus d'eux, le vent soufflait dans leur visage. Ils s'arrêtèrent un instant pour contempler l'océan.

Joe ramassa un caillou et le lança au milieu des vagues. Il éclata de rire :

— Je ne tiens pas en place dès que je vois de l'eau salée…

— Ah, fit Julie. C'est pour ça que tu as l'air si sombre ?

— Oui, sans doute… Tiens, regarde, dit-il en montrant un voilier amarré à une bouée. C'est un Tahiti ketch. Avec ça, nous pourrions aller n'importe où dans le monde.

— « Nous » ? dit Julie en lui tirant doucement le bras. Tu ne m'as même pas encore demandée en mariage !

— Les bateaux, ça coûte cher. Ce ketch doit valoir dans les cinq ou six mille dollars. Il faut en ajouter mille autres pour l'équiper, plus deux mille pour vivre à bord…

— On va commencer à faire des économies, dit Julie. Je dépense beaucoup d'argent en Coca et rouge à lèvres.

— Moi, je pourrais arrêter de manger, dit Joe.

Ils reprirent la route pour retourner à Berkeley, ni l'un ni l'autre ne disant grand-chose, et arrivèrent à 16 h 30 devant la résidence Delta Rho Beta. Le ciel était voilé, et le temps avait fraîchi. Les étudiants et les étudiantes marchaient dans la rue en hâtant le pas.

— Je ne te propose pas d'entrer, dit Julie. Avec la préparation du bal, la résidence doit être une vraie maison de fous.

— Amuse-toi bien, dit Joe.

Julie se sentit vaguement coupable. Le bal des confréries allait être une soirée merveilleuse, étincelante, pleine de musique et de rires. Julie aurait voulu demander à Joe où il serait ce soir, qu'est-ce qu'il ferait, mais elle n'osa pas.

Elle lui serra doucement la main.

— J'ai passé un moment très agréable, Joe, même si tu n'as pas pu trouver de travail.

— Bah, fit Joe, qui a vraiment envie de travailler ? Bon, au revoir.

— Au revoir, Joe.

Elle le regarda partir, puis elle entra dans la résidence.

Le bal des confréries fut un grand succès, et Julie aussi. Elle portait une nouvelle robe en coton rayée gris et blanc. Tex Hanna lui avait offert une magnifique orchidée blanche qu'elle s'était mise dans les cheveux. À une heure et demie du matin, l'orchestre joua *Good Night Sweetheart*, les musiciens rangèrent leurs instruments, on commença à éteindre les lumières, et les jeunes gens en smoking sortirent lentement dans le hall avec leurs cavalières en robe longue.

Tex Hanna et Julie retrouvèrent Cathy et son cavalier, Tom Shaw, chez Foster, où ils prirent du café et des doughnuts, puis ils retraversèrent le pont pour rentrer avant le couvre-feu de 2 h 30.

Tex grimpa les marches avec Julie et lui souhaita bonne nuit en l'embrassant sur la joue.

— J'ai passé un moment merveilleux avec toi, Tex, dit-elle (ce qui était vrai) avant de rentrer dans la résidence.

Elle s'arrêta un instant dans le hall. Elle était surexcitée, stimulée par la musique, la danse, les cocktails… et l'idée qu'elle avait en tête depuis deux heures. Elle jeta un coup d'œil au cadran de l'horloge : 2 h 12. Encore dix-huit minutes avant le couvre-feu. L'idée ne pouvait pas attendre. Elle ouvrit la porte : personne en vue.

Elle courut vers sa voiture et se rendit à Barrington Hall. Là, elle hésita un instant au pied de cette masse de béton de quatre étages. Elle pouvait difficilement aller sonner à la porte. Si seulement elle savait quelle était la fenêtre de Joe, elle pourrait lancer une poignée de gravier. Il y avait de la lumière à deux ou trois fenêtres, l'une d'elles était peut-être la sienne.

Une voiture se rangea derrière elle. Les phares s'éteignirent, le moteur fut coupé. Un jeune homme en sortit et commença à gravir les marches.

— Hello, fit Julie.

Il se retourna et s'approcha de la décapotable, en commençant à s'imaginer des événements merveilleusement impossibles.

— Hello !

Julie sentit une odeur de bière dans son haleine.

— J'ai besoin d'un service, dit-elle. Si Joe Treddick n'est pas encore couché, pourriez-vous lui dire que je veux le voir ?

Le jeune homme la regarda avec un petit sourire malicieux.

— Je ne peux pas le remplacer ?

— Non, pas ce soir.

Il se retourna tristement et entra dans l'immeuble. Julie attendit nerveusement, en consultant sans cesse sa montre.

Joe apparut sur le seuil, encore vêtu de son jean gris et de son pull foncé. Il la détailla un instant.

— Tu es absolument ravissante.

Julie fut formidablement contente d'être venue.

— Je ne peux rester qu'une minute, dit-elle. J'ai eu une merveilleuse idée – et je ne pouvais pas attendre pour t'en faire part.

Il se pencha vers elle en s'accoudant à la portière.

— Quel genre d'idée ?

— La semaine prochaine – samedi – j'aimerais que tu viennes chez moi, à San Giorgio. On rentrera ici dimanche. Ça te va ?

Joe la regarda d'un air pensif.

— Oui, OK. Mais pourquoi ?

— Le job d'été.

— Pour moi ?

— Oui.

Joe se redressa. Julie lui prit la main.

— Surtout, pas de fierté déplacée, Joe !

— Moi, de la fierté ? dit-il. Non, je ne suis pas fier.

— Bien sûr que si. Je me suis fait du souci pour toi toute la soirée.

Joe sourit.

— Ton cavalier a dû vraiment apprécier...

— Oh, il n'en savait rien. Je n'allais quand même pas en discuter avec lui.

— Non, effectivement... De quel genre de travail s'agirait-il ?

— Il y a au moins trois possibilités... Mais nous en parlerons plus tard, il faut que je me dépêche. Alors, c'est d'accord ?

— C'est d'accord.

— Bonne nuit, Joe.

— Bonne nuit.

Julie fit demi-tour dans un grand crissement de pneus et repartit à toute allure. Arrivée à la résidence, elle courut dans l'allée et franchit la porte trente secondes avant la fermeture fatidique. Cathy McDermott, qui montait l'escalier, regarda par-dessus la rampe.

— Julie Hovard ! Je croyais que tu étais rentrée depuis longtemps !

Julie gravit les marches quatre à quatre.

— J'ai des tas de choses à te raconter...

C'est avec une moue dubitative que Cathy écouta Julie exposer son idée. Elle avait de vagues préventions contre Joe. Ses valeurs étaient basées sur les conventions sociales, les notions de classe. Elle essayait de l'expliquer à Julie, et comme elle était incapable de définir sa légère méfiance, elle inventait des raisons.

Julie se moquait d'elle.

En fait, Cathy ne trouvait aucun motif valable de critiquer Joe. Sa conduite était irréprochable. Julie lui avait révélé qu'il n'avait même jamais essayé de l'embrasser.

Cathy fut étonnée.

— Pourquoi sors-tu avec lui ?

— Oh, il finira bien par y venir, dit Julie. Et si tu rentrais aussi chez toi le week-end prochain ?

— Je suis prise, dit Cathy. Tom Shaw.

— Viens avec lui.

— Oui, c'est vrai, je pourrais…

Cathy finit par accepter, et le samedi suivant, ils partirent tous les quatre dans la décapotable de Julie.

C'est ainsi que, quand Carr téléphona à la résidence Delta Rho Beta après la condamnation de George Bavonette, on l'informa que Cathy était rentrée chez elle pour le week-end.

Il arriva à San Giorgio à 15 heures, gara sa Jaguar et se rendit à la maison des McDermott, où Mrs McDermott lui dit que Cathy était partie se baigner chez les Hovard. Carr se dirigea d'un pas décidé vers la résidence des Hovard, où il trouva sur la terrasse Julie, Joe, Cathy et Tom Shaw installés au soleil à côté de la piscine. Il ne s'était pas attendu à la présence des deux hommes. Mécontent et transpirant dans son costume de tweed, il se laissa tomber sur une chaise longue.

— Voilà, déclara-t-il, ça y est. Bavonette a été jugé coupable. Il passera dans la chambre à gaz le 7 juillet.

Il y eut un silence. Julie finit par dire :

— Bon, j'imagine qu'il a ce qu'il mérite.

— Ha ! s'exclama Carr d'un ton sarcastique. (Il alluma une cigarette, s'allongea plus confortablement et souffla violemment une bouffée de fumée par les narines.) Je continue de penser que ce n'est pas lui qui a fait le coup. Ce pauvre imbécile de Bavonette s'est hypnotisé lui-même.

— Mais enfin, protesta Julie, il ne serait pas allé jusqu'à avouer un meurtre !

— Ma chère enfant, dit Carr, tu n'as qu'à lire un bon ouvrage sur la psychologie freudienne. Tu y trouveras tout sur les complexes de culpabilité, les désirs de mort.

— Mais pourquoi, Carr ? Pourquoi se serait-il senti coupable ?

— Je ne sais pas, reconnut-il. Mais après tout, nous ne savons rien de son passé.

— Va chercher ton maillot de bain, Carr, dit Julie. Tu as l'air de crever de chaud dans ton costume.

Carr jeta un coup d'œil à Tom Shaw, pour s'assurer qu'il n'aurait pas l'air trop ridicule en comparaison. Rassuré, il se leva et traversa le jardin pour retourner chez lui.

— Pauvre Carr, dit Julie. En parlant de complexes… Il va se rendre fou à force de vouloir prouver que c'est Robert Struve qui a tué Diane.

— Qui est Robert Struve ? demanda Tom Shaw.

— Oh, un malheureux gamin qu'on a connu autrefois.

— Carr pense qu'il a tué Diane, expliqua Cathy. Après tout, ce n'est peut-être pas impossible.

— Mon premier amour, dit Julie avec un petit regard en coin vers Cathy qui sembla gênée.

De toutes les amies de Julie, elle était la seule à savoir la vérité sur ce qui s'était passé. Comme la mère de Julie, elle avait été beaucoup plus bouleversée que Julie elle-même.

Julie avait pratiquement tout oublié de l'incident. Quand elle pensait à Robert Struve, deux images fortes lui venaient à l'esprit. La première était la vision très brève d'une chemise bleue sur un scooter rouge, avec Jamaica Arch juste devant. Et puis le choc, le bruit sourd du scooter basculant dans le caniveau… La deuxième était le souvenir d'un match de football pendant sa première année au lycée. L'équipe de Paytonville était célèbre et très forte. Pendant les trois premiers quart-temps, le score était resté à 6-6. Dans les dernières minutes du quatrième quart-temps, le ballon se retrouva très avant dans le territoire de San Giorgio.

Bob Goble fit une passe à Robert Struve qui, après une hésitation infinitésimale, s'avança résolument. Trois adversaires réussirent à le plaquer au bout de six yards.

Troisième essai de progression. Passe de Goble à Struve. Encore une fois, cette lente accumulation de puissance, une avancée avec une délibération insolente. Encore six yards.

Goble à Struve : le même jeu, mais avec cette fois toute l'équipe de Paytonville attendant devant. Struve aurait pu chercher à les éviter, mais il fonça tête baissée et plongea dans la mêlée. Encore six yards.

San Giorgio hurlait :

— Six yards, Robert ! Six yards !

Sept yards. Six yards. Cinq yards.

C'était le souvenir que Julie avait gardé de Robert Struve : derrière son masque de fer, son visage avait été à la fois horrible et magnifique, comme un masque de guerrier aztèque.

Au cours du dîner, Hovard parla abondamment du nouveau Country Club. Les travaux de terrassement avaient commencé pour les futurs bâtiments, et des bulldozers étaient déjà en train d'aménager le terrain de golf.

Julie aborda directement le sujet.

— Papa, Joe cherche un job d'été. Pourquoi ne pas lui trouver quelque chose à Mountainview ?

Joe fut stupéfait. Il ne s'était absolument pas attendu à ça.

— Voyons, ma chérie, dit Darrell Hovard, tu sais bien que ça ne dépend pas de moi. Tout a été confié à des entreprises extérieures.

— Je le sais, mais si tu parlais à l'un des contractants…

Joe tenta faiblement de protester, mais Julie ne lui prêta aucune attention.

— Tu pourrais faire ça, hein, Papa ?

Darrell se tourna vers Joe avec un air interrogateur.

— Qu'est-ce que vous savez faire, Joe, exactement ?

— Ma foi, Mr Hovard, je n'ai pas…

Margaret intervint :

— Julie, ma chérie, n'insiste pas ! Joe n'a peut-être pas envie de se trouver coincé tout l'été dans un endroit aussi ennuyeux que San Giorgio.

— Ce n'est pas ça, Mrs Hovard, c'est juste que…

— Joe, dit Julie, explique à Papa ce que tu sais faire.

— Je peux porter des charges sur le dos… dit Joe.

— Oh, Joe ! s'écria Julie. Papa, Joe fait des études d'ingénieur.

Après un coup de fil, tout fut organisé pour que Joe conduise un camion benne après les examens de fin d'année.

CHAPITRE IX

Quand Julie déposa Joe devant Barrington Hall tard le dimanche soir, tous deux savaient que leur relation avait atteint un point critique. Ils devaient aller de l'avant, ou revenir en arrière. Si Joe n'avait pas été à la hauteur de la situation… eh bien, Julie ne savait pas ce qu'elle aurait fait.

Mais Joe ne la déçut pas. Il la prit par la taille, embrassa les lèvres qui s'offraient, puis le bout du nez.

— La conclusion d'un week-end parfait, déclara Julie.

— C'était très agréable, dit Joe. (Une minute après, il ajouta :) Trop agréable.

— Rien n'est vraiment trop agréable, dit Julie. C'est impossible.

Joe la regarda un instant, et elle sentit qu'il allait dire quelque chose d'important. Mais il resta silencieux.

— Dis-moi à quoi tu penses.

Joe soupira.

— Julie – tu ne pourrais pas comprendre, à moins qu'on ne t'ait pris quelque chose de merveilleux. Je ne crois pas que ça te soit jamais arrivé.

— Non. (Elle lui caressa la main.) Mais je peux imaginer…

— Eh bien – penses-y en termes de buts, d'objectifs…

Julie s'écarta pour le dévisager avec curiosité.

— Quels sont ces buts, précisément – si je peux poser la question ?

Joe éclata de rire.

— Le premier, et le plus important, s'appelle Julie Hovard.

— Serais-tu en train de me mentir, Joe ?

— Non, Julie.

— Tu en es sûr ? Absolument, positivement sûr et certain ?

— Oui.

— Dans ce cas…

Elle lui passa les bras autour du cou, et il la tint serrée contre lui, plus longtemps et plus fort qu'elle n'avait jamais laissé personne le faire avant lui.

Joe la relâcha et sortit de la voiture. Julie sentait en lui comme un courant souterrain, et cela l'intriguait… Bon, elle aurait largement le temps de découvrir ce que c'était. Elle lui fit un petit signe de la main et retourna à la résidence Delta Rho Beta.

Cathy l'examina en haussant les sourcils.

— Ton rouge à lèvres est barbouillé.

— Oui, bien sûr, dit Julie.

Elle eut une envie soudaine de serrer Cathy dans ses bras, et c'est ce qu'elle fit.

— Tu as l'air excitée comme un chiot tout fou !

Julie jappa comme un petit chien, et alla se coucher.

Encore deux semaines d'examens, et ce serait la liberté !

Julie était rentrée chez elle depuis deux jours quand Joe téléphona.

— Joe ! Où es-tu ?

— À San Giorgio… Je dois aller travailler demain matin.

— Mais où es-tu précisément en ce moment ? Tu vas passer me voir, bien sûr ?

— Il faut que je trouve de quoi me loger, et j'ai besoin d'un permis de travail du syndicat.

— Je connais un endroit dans Second Street. La pension Fair Oaks. C'est un peu vieillot, mais calme et confortable.

— Je vais aller voir.

Margaret Hovard entra dans la pièce au moment où Julie raccrochait.

— Qui était-ce, ma chérie ?

— C'était Joe. Il va venir dîner.

Margaret fronça les sourcils, légèrement perplexe.

— « Joe » ?

— Joe Treddick.

Margaret fit semblant de fouiller dans sa mémoire.

— Tu as tellement de jeunes gens autour de toi, c'est difficile de tous les garder en tête.

Julie expliqua qui était Joe.

— Ah, fit Margaret. Celui-là… (Darrell et elle n'avaient pas été particulièrement impressionnés par Joe.) Tu ne crois pas qu'il est un peu… terne ?

— Terne ? s'exclama Julie, très amusée. Non, certainement pas.

— Il n'a jamais grand-chose à dire, poursuivit Margaret. Norman Baker, par exemple – voilà un garçon brillant et amusant.

— Il est capable de se rendre malade rien que pour dire des choses drôles.

— Eh bien, il y a aussi Carr… Je ne vois pas pourquoi tu ne t'intéresses pas plus à lui.

Julie éclata de rire devant la naïveté de sa mère.

— Carr n'est pas un méchant garçon, mais il a l'esprit tellement étroit !

— Je le trouve très solide. Et je ne comprends pas ce que tu trouves à Joe.

— Il a tellement de choses en lui…

Darrell Hovard, de retour à la maison, se joignit à la conversation. Il n'avait pas vraiment d'objections personnelles contre Joe, mais il aimait en savoir un peu plus sur les jeunes gens avec qui Julie sortait.

Margaret demanda à Julie si elle avait déjà rencontré des membres de la famille de Joe.

— Non. Sa famille vit à Boston.

— Mais qui sont-ils ?

Julie répondit que c'étaient des mortels ordinaires, comme tout le monde. Darrell changea de sujet. Il ne voulait pas faire de Joe un objet de dispute. Dans un mois ou deux, Julie aurait dix-huit ans et pourrait épouser qui elle voudrait. Darrell ne voulait pas lui mettre dans la tête des idées romantiques.

Avant le dîner, il échangea quelques mots à part avec Margaret.

— Laisse-lui un peu de temps, dit-il. Elle grandit. Toutes les filles ont leurs petites amourettes avant de se ranger. Julie n'est pas différente des autres.

— Je n'en suis pas si sûre.

— Tu verras.

— C'est juste que je n'aime pas laisser les choses au hasard, dit Margaret.

Darrell réfléchit à la situation.

— Ma foi... il y aurait bien un mauvais tour que nous pourrions jouer à ce pauvre garçon – mais dans le long terme, c'est plutôt un service à lui rendre.

— De quoi parles-tu ?

— Julie n'est pas idiote. S'il est souvent à la maison, et si elle a l'occasion de le comparer à nous et à nos amis, elle verra les choses beaucoup plus clairement.

Margaret fut interloquée.

— Je ne te comprends toujours pas, Darrell.

— Eh bien, pour dire les choses brutalement, si nous l'avons avec nous nuit et jour, tout le temps – pour que Julie en ait une indigestion, en quelque sorte –, la magie finira par se dissiper.

— Hum, peut-être... Et si nous invitons aussi des tas d'autres jeunes gens, de vieux amis de Julie, des membres de son propre groupe...

Que ce fût à dessein ou par accident, Joe refusa de se conformer à leur plan. Il refusa poliment de dîner chez les Hovard plus d'une ou deux fois par semaine.

Darrell se renseigna discrètement pour savoir comment Joe se comportait à son travail. Il fut plutôt agacé quand l'entrepreneur lui dit que s'il avait d'autres gars comme Joe, il fallait qu'il les lui envoie tout de suite.

Quant à la foule de jeunes gens que Darrell et Margaret avaient envisagés, ils ne se matérialisèrent pas. C'était un été très calme. Julie voyait beaucoup Cathy, et aussi Lucia Small, qui avait annoncé d'un air dégagé qu'elle n'avait pas l'intention de retourner à Radcliffe. Les étudiants de Harvard étaient inintéressants, et par ailleurs, elle n'était finalement pas si sûre que ça de vouloir faire des études de psychologie.

Lucia devenait de moins en moins attirante. Son teint semblait plus cireux, sa coiffure plus sévère. Et son caractère s'était détérioré en même temps que son aspect physique.

Elle n'avait jamais été du genre à se livrer à des confidences, mais à présent, elle semblait presque secrète. Cathy, qui avait bon cœur et qui était loyale, se faisait du souci pour elle.

— Je n'arrive pas à comprendre ce qui lui prend. On dirait presque que nous ne sommes plus ses amies !

— C'est drôle comme on change, dit pensivement Julie. Nous étions tellement différentes il n'y a pas si longtemps.

— Toi, dit Cathy affectueusement, tu n'as jamais changé. Tu es encore la petite chipie écervelée que tu as toujours été.

— J'ai acquis une grande sagesse, déclara Julie. La sagesse du mystère ancestral de la Femme…

Elles restèrent silencieuses un moment, puis Cathy poussa un soupir :

— Le grand bal masqué a lieu samedi soir, et j'ai encore mon costume à faire.

— Moi, j'en ai deux, dit Julie.

— Deux ? Ah, oui, le tien et celui de Joe.

Julie acquiesça.

— Il a vraiment promis de venir ? dit Cathy.

— Oui, naturellement. Il sait trop bien qu'il n'a pas intérêt à me désobéir.

— Tu dois être drôlement amoureuse, dit Cathy, pour te mettre déjà à coudre pour lui. (Elle ferma les yeux et inclina la tête en arrière.) Si je pouvais, je resterais à la maison. Je sais que je ne vais pas m'amuser.

— Bien sûr que si. Pense à tous les hommes romantiques que tu vas rencontrer. « M'accorderez-vous cette danse, *mademoiselle* ? » Et puis ils te feront tourbillonner à travers la salle à te couper le souffle …

— … et tous se révèleront être Carr.

— Pourquoi tu ne l'envoies pas paître une bonne fois pour toutes ?

Cathy haussa les épaules. Elle y avait déjà réfléchi une centaine de fois. Elle pouvait toujours compter sur Carr. Si rien de mieux ne se présentait, elle pourrait finir par l'épouser. Carr n'était pas vilain garçon – peut-être une légère mollesse dans la mâchoire, mais personne n'était parfait. Les Pendry avaient beaucoup d'argent… Si seulement Carr n'était pas aussi gâté, toujours prêt à bouder quand il n'avait pas ce qu'il voulait…

Elles se mirent à discuter de leurs costumes pour le grand bal masqué de Mountainview. Il devait se tenir sur les terrains du nouveau Country Club, le premier d'une série annuelle de bals costumés. Cette année, le thème était « Fantasia en Noir et Blanc ». Les costumes ne devaient refléter rien d'autre que la plus pure fantaisie, et comporter strictement du noir et du blanc.

Julie était en train de se confectionner un justaucorps, noir sur le devant et blanc derrière. Une sorte de cagoule remontait sur ses boucles blondes et redescendait en pointe jusqu'à l'arête du nez. Le costume était particulièrement osé.

— Je n'ai jamais vu personne avoir l'air aussi nue tout en étant parfaitement habillée, dit Cathy.

— Allons, ce n'est quand même pas si terrible que ça !

— Je le trouve scandaleux. Tu as l'air d'un diablotin sorti de l'enfer, un diablotin sexy.

— C'est exactement ce que je suis.

— Oh, Julie !

Le costume de Cathy avait quelque chose qui évoquait l'Égypte ancienne : une tunique avec des rayures noires et blanches qui lui laissaient les bras nus, une ceinture à la taille, avec une jupe fendue de chaque côté. Quand elle marchait, on avait un aperçu fugace de ses longues jambes fuselées.

— S'il y avait un concours des costumes les plus séduisants, dit Julie, je crois que le tien aurait toutes les chances de se qualifier.

— Mais non, voyons. Tout le monde sait bien que j'ai des jambes.

Lucia entra. Elle avait apporté son costume pour le leur montrer. C'était une tenue espagnole – une toque de matador, un petit gilet noir, une chemise blanche, une culotte noire, des bas et des chaussures noires à boucles. Elle était raide comme un piquet et totalement dénuée de grâce.

À 16 heures, Carr passa les voir et refusa de répondre aux questions sur son costume. Il avait passé la journée au QG des Républicains à Paytonville, pour se forger des contacts. Pelton Pendry commençait déjà à publier dans le *Herald-Republican* des allusions au sang neuf dont Sacramento avait besoin, et au fait que ce qu'il fallait à la Californie et à la nation tout entière, c'était des dirigeants à l'esprit positif et dynamique.

Carr révéla qu'il envisageait de faire une maîtrise d'économie ou de droit à Berkeley, pour préparer son avenir.

— En tant que serviteur de l'État ? plaisanta Julie.

Carr grimaça un sourire.

— Voilà un terme hypocrite que nous devrions éradiquer. Un politicien, c'est fait pour diriger ! Il n'a pas à se soucier de sa popularité ! C'est pour ça que c'est un tel bazar aujourd'hui, avec toutes ces allocations, subventions et redistributions ! Les politiciens s'achètent de la popularité avec les assurances santé, les assurances chômage, les…

— Allons, allons, Carr, dit Lucia. Tu enfonces des portes ouvertes.

— Moi, dit Julie avec une expression parfaitement sérieuse, je trouve qu'on devrait tout se partager et recommencer à zéro.

Carr inspira profondément et se pencha en avant sur son fauteuil. Julie éclata de rire.

— Carr, tu es un amour, mais c'est tellement drôle de te faire marcher.

Carr se rassit lentement, sans bien savoir quoi dire.

À quatre heures et demie, Lucia dit qu'elle devait rentrer et Carr lui proposa de la déposer chez elle. Lucia accepta, et ils partirent tous les deux.

— Tu sais quoi ? dit Julie. Je crois que Lucia en pince pour Carr…

Cathy eut l'air étonnée.

— Elle n'a jamais rien fait dans ce sens.

— Peut-être que nous n'avons rien remarqué.

— Non, fit Cathy, vraiment, je ne vois pas.

— Tu es jalouse, dit Julie. Tu es tellement habituée à avoir Carr à côté de toi que tu crois qu'il t'appartient.

— Non, non, protesta Cathy.

— Tu finiras par l'épouser, tu vas voir.

Cathy secoua la tête.

— Non, mais lui, il le pense, et c'est pour ça que c'est si difficile. (Elle rougit.) Il se prend pour un jeune homme moderne, et il veut toujours que je… enfin, toutes sortes de choses… Je ne dois sans doute pas être moderne.

— Lucia est peut-être moderne, elle, dit Julie.

Cathy éclata de rire.

CHAPITRE X

Le grand bal masqué de Mountainview ! C'était une soirée d'une merveilleuse douceur. La brise qui venait à travers les chênes sentait bon le foin et les herbes odorantes.

Un grand pavillon de toile blanche avait été dressé près du site du nouveau Country Club, soutenu par des mâts enrubannés de noir, de rouge et de blanc. De part et d'autre, des stands servaient des boissons. Au centre du pavillon, on avait installé une estrade circulaire pour l'orchestre.

L'éclairage était assuré uniquement par des bougies noires et blanches, plantées dans des chandeliers faits de bouteilles de vin joliment assemblées en guirlandes.

Darrell et Margaret Hovard arrivèrent à 20 heures en compagnie de Mrs Hutson, qui était la présidente du Comité des activités sociales. À 20 h 30, Julie et Joe arrivèrent à leur tour dans la Plymouth de Joe, et à 21 h, ce furent enfin les membres du Comité et leurs invités.

À 21 h 30, le pavillon était noir de monde. Les musiciens, en costumes d'Arlequin noir et blanc, s'accordèrent et commencèrent à jouer des airs de danse.

Julie dit à Joe :

— Un de tes principaux défauts est que tu n'es pas ce qu'on pourrait appeler un bon danseur.

— Je l'avoue volontiers, dit Joe.

Il portait une culotte de cheval noire, des bottes noires, une tunique blanche parsemée de grenouilles noires avec de grandes épaulettes noires. Il était coiffé d'un képi noir et blanc. Julie appelait ça un uniforme d'amiral de l'espace.

— Oh, tu n'es pas si mal que ça… Tiens, voilà Cathy ! s'écria-t-elle.

— Où ça ?

— Là-bas, elle danse avec ce type qui porte une cape noire.

— Presque tout le monde a une cape noire.

— Nous n'avons pas beaucoup d'imagination, à San Giorgio. Qu'est-ce qu'ils portent, à Boston ?

— Du diable si je le sais…

Julie examina le cavalier de Cathy.

— Je ne crois pas que ce soit Carr… Il est trop grand.

— Carr est au bar. En costume de pirate, avec la barbe noire.

— N'est-ce pas vraiment bizarre ? demanda Julie. Je me demande ce qui lui est passé par la tête de se déguiser en pirate.

— Les costumes sont des symboles – on choisit celui qui correspond à ce qu'on aimerait être.

— Je me demande ce que ça donne dans mon cas – noire devant, et blanche derrière.

— C'est ton caractère – de l'innocence cachée derrière une façade de vice diabolique.

— Ha ! C'est trop drôle !

— Allons au bar, proposa Joe. Est-ce que ton père va me haïr encore plus si je t'offre un verre ?

— Prends des whisky-coca. Comme ça, je pourrai faire semblant de boire un simple Coca, au cas où quelqu'un se donnerait la peine de poser la question.

Ils trouvèrent de quoi s'asseoir. Joe apporta les boissons dans des gobelets en carton. Cathy les rejoignit en compagnie de l'homme à la cape noire, qui lui dit : « Merci, Cathy », avant de s'éloigner.

Un pirate à la barbe noire s'approcha.

— Qui était-ce ? demanda-t-il en fronçant les sourcils.

— Je ne sais pas. Je l'ai vu quelque part.

— Je crois que c'est Murray Jones, dit Julie. Il a sa démarche.

Carr fit signe à Cathy en claquant des doigts, et elle se leva. Carr la prit par la taille et l'entraîna sur la piste de danse.

— Pauvre Cathy, dit Julie en soupirant.

— Il lui suffirait de dire non.

— Ce n'est pas facile, pour quelqu'un comme elle.

Un homme vêtu d'un extraordinaire pantalon bouffant noir et d'une large chemise blanche invita Julie à danser. Elle finit son verre et se leva.

La soirée se poursuivit. Des photographes du *Herald-Republican* se déplaçaient parmi la foule, pointant leurs objectifs et faisant crépiter leurs flashes, afin de saisir la Fantasia en Noir et Blanc pour la rubrique mondaine du numéro du dimanche.

Julie dansa avec une vingtaine de cavaliers. Elle s'amusait beaucoup. Joe dansa avec Lucia et se trouva coincé avec elle. Les barmen travaillaient sans relâche. Il était maintenant minuit, et le bal battait son plein. C'était un grand succès.

Il était prévu de retirer les masques à deux heures du matin. À 1 heure, Cathy chercha Julie et finit par la trouver en compagnie d'un Cosaque qui lui offrait un verre et projetait visiblement de l'embrasser. Julie était un peu éméchée.

— Carr me ramène à la maison, dit Cathy.

— Il te ramène à la maison ? Pourquoi ? La fête ne fait que commencer !

— Il a la migraine.

— Hmm… Il est jaloux…

Cathy eut un petit sourire attristé.

— Je sais. Mais c'est aussi bien comme ça, je préfère rentrer. Je t'appellerai demain matin et je te raconterai tout. Bonne nuit, Julie.

Elle s'éclipsa. Le Cosaque reprit là où il en était resté. Julie chercha Joe des yeux, mais il était sans doute avec Lucia dans le bar de l'autre côté du pavillon.

Le Cosaque venait de lui mettre un nouveau verre dans les mains, et Julie constata avec étonnement qu'elle avait terminé le précédent.

Le temps passa. Le Cosaque l'embrassa. Elle se retrouva avec encore un whisky-coca, qu'elle reposa fermement sur la table.

— Si vous continuez comme ça, je vais être complètement saoule ! dit-elle au Cosaque.

— C'est de l'argent bien dépensé, ma mignonne.

Il y eut soudain un grand silence… puis un grondement, un rugissement de voix, des pas précipités. Julie se tordit le cou pour voir ce qui se passait. Dans le cercle de lumière des bougies apparut un pirate noir, qui avança en titubant jusqu'à la piste de danse. Les invités en noir et blanc s'écartèrent sur son passage. Carr avait le visage couvert de sang, ses yeux étaient vitreux. Son masque pendait autour de son cou.

Ralph McDermott, en retirant le sien, se précipita vers lui.

— Carr ! Que s'est-il passé ?

Carr marmonna deux ou trois mots, et McDermott se figea. Puis il se retourna pour regarder vers les ténèbres d'où Carr avait surgi.

* * *

Le grand bal masqué se transforma en un groupe confus d'hommes et de femmes aux visages effrayés, vêtus de costumes ridicules.

Les musiciens disparurent. La foule fut d'abord hésitante, puis elle commença à se disperser par petits groupes de cinq ou six qui retournèrent à leurs voitures.

Le Dr Federico, Ralph McDermott et William Biers, le procureur du comté, partirent dans la direction que Carr avait indiquée.

Ils trouvèrent la Chrysler cinq cents mètres plus loin, sur un chemin de terre menant au bout du terrain du Country Club. Biers soutint Ralph Dermott –, qu'ils ne laissèrent pas regarder à l'intérieur de la voiture – tandis que le Dr Federico procédait à un examen. Un simple coup d'œil à la banquette arrière lui suffit.

Il se retourna lentement.

— Il n'y a plus rien à faire. (Il regarda McDermott.) Vous feriez mieux de rentrer chez vous, Ralph.

— Allez, venez, Ralph, dit Biers en l'entraînant doucement.

Le shériff Clyde Hartmann arriva avec ses adjoints, et la tâche macabre commença. Le shériff retourna à San Giorgio pour prendre la déposition de Carr.

On avait nettoyé et pansé la blessure qu'il avait à la tête. Le Dr Harvey autorisa Hartmann à lui poser quelques questions.

— Essayez quand même de ne pas être trop long. Il a subi un choc terrible.

Hartmann hocha la tête. C'était un homme grand et mince, aux cheveux argentés. Son visage profondément ridé avait une certaine beauté.

— Je suis vraiment navré de venir vous embêter comme ça, Mr Pendry.

Carr essaya vainement de se redresser sur son lit. Il se laissa retomber. Il était très pâle, le visage hagard.

— Que s'est-il passé exactement, Mr Pendry ?

— Il y avait quelqu'un à l'arrière...

— Vous voulez dire, quand vous avez quitté le bal ?

— C'est ça... Cathy et moi, nous sommes – enfin, nous étions fiancés. Je voulais juste... me garer à l'écart. J'ai pris la petite route derrière. Cathy ne se sentait pas bien, elle voulait rentrer à la maison. (Carr s'exprimait par phrases hachées.) Je me suis engagé dans le chemin. J'ai regardé dans mon rétroviseur, et j'ai vu... cette silhouette sombre sur la banquette arrière. Il devait être allongé par terre quand nous sommes montés dans la voiture.

Carr s'interrompit et ferma les yeux. Hartmann attendit patiemment.

Les yeux toujours fermés, la tête posée sur son oreiller, Carr poursuivit :

— J'ai eu très peur...

— Oui, bien sûr, dit Hartmann.

— J'ai roulé encore une trentaine de mètres. Je me suis arrêté et je me suis retourné. Cathy aussi. Je crois qu'elle a crié... C'était un homme avec une cape et un chapeau noirs. Il portait un masque.

— L'avez-vous reconnu ?

Carr ouvrit les yeux et regarda le plafond.

— Tout s'est passé si vite... comme dans un cauchemar.

— Dites-moi ce dont vous vous souvenez.

— Il m'a frappé... deux fois, je crois. Ou peut-être une fois seulement. Je n'arrive pas à me souvenir. (Il resta silencieux pendant une bonne quinzaine de secondes.) Je ne me souviens pas non plus de m'être réveillé. Je me suis simplement retrouvé allongé par terre à l'avant, et tout était très silencieux. Je me suis relevé, j'ai regardé à l'arrière. J'ai vu Cathy... Et là, c'est comme un grand trou noir...

Hartmann hocha la tête. Il y eut un silence.

D'une voix faible, Carr demanda :

— A-t-elle été... agressée ?

Hartmann hocha de nouveau la tête.

— C'est ce qu'il semblerait, à en juger par l'état de ses vêtements.

— Comment est-elle morte ? demanda Carr d'une voix rauque.

— L'assassin l'a étranglée, dit Hartmann. Ce n'est qu'après qu'il l'a défigurée au couteau. (Il consulta ses notes.) La voiture était-elle verrouillée quand vous l'avez prise ?

— Non.

— Diriez-vous que cet homme était costumé, ou portait-il des vêtements ordinaires ?

Carr secoua la tête.

— Je ne crois pas que c'était un costume. Non, c'est impossible.

— Pourquoi donc ?

— Je connais tous les invités qui étaient au bal.

— Vous en avez vu assez pour être sûr que ce n'était pas quelqu'un que vous connaissez ?

— Non, mais je sais qui a fait le coup.

— Vraiment ? dit Hartmann très calmement. Qui ça ?

— Le même homme qui a tué ma sœur, dit Carr dont la voix se brisa. Et qui l'a mutilée. Robert Struve.

— Robert Struve. (Hartmann le regarda d'un air songeur.) Ce nom me dit quelque chose.

— C'était le garçon au visage balafré. Une classe après moi au lycée. Il y a cinq ans, il a eu de gros ennuis – il avait essayé d'agresser Julie Hovard.

— Oui, je me souviens. Dans la vieille maison des Martin. Nous l'avons envoyé au Centre de rééducation de Las Lomas. Qu'est-ce qui vous fait penser que c'était lui ?

— Il a tué ma sœur, dit Carr d'une voix faible.

Hartmann fut intrigué.

— Mais n'est-ce pas son mari qui a été condamné pour ce crime ?

— Ce n'est pas lui le coupable.

Hartmann se leva.

— Bon, je vais regarder ça de plus près.

* * *

Joe Treddick téléphona à Julie vers deux heures de l'après-midi le dimanche.

— Ah, Joe ! s'écria-t-elle, j'espérais que tu m'appellerais. Tu peux venir me voir ? J'ai absolument besoin de parler à quelqu'un.

— J'arrive.

Elle l'attendait sur les marches de l'entrée.

— Passe par derrière, dit-elle. Je ne voulais pas que tu sonnes à la porte.

Elle l'emmena sur la terrasse.

— Papa et Maman sont comme fous. Cathy faisait partie de la famille… (Elle lui prit la main et la serra très fort.) Joe, chaque fois que j'y pense… j'ai envie de hurler – de fermer les yeux de toutes mes forces et de hurler, hurler !

— Je sais ce que tu ressens.

— Je ne t'ai pas vu hier soir – mais dans la confusion…

Joe haussa les épaules.

— Lucia avait un peu trop bu, et je l'ai raccompagnée chez elle. Je suis revenu juste au moment où ça a commencé.

Elle posa la tête contre son épaule.

— Oh, Joe, mon chéri, je voudrais tellement… Comment quelqu'un a-t-il pu faire une chose aussi horrible ?

— Voilà Carr qui arrive, dit Joe.

Carr traversa lentement la pelouse des Pendry et s'approcha d'eux.

— Mon Dieu, fit Julie, dans quel état il est !

Carr avait la tête enturbannée d'un pansement blanc, et son visage était à peine plus coloré. Il se laissa tomber dans un fauteuil.

— Je suis allé au bureau du shériff, dit-il d'une voix terne.

— Ils ont une idée ? Des indices ?

— Ils ont trouvé une cape pleine de sang dans les buissons.

— Carr, dit Julie, n'utilise pas ce mot. Sang. Je vais vomir.

Carr hocha la tête d'un air sombre, comme s'il ne l'avait pas entendue.

— Je me suis un peu mieux souvenu des événements. Tu sais quel jour on est ?

— Le 28.

— Dans neuf jours, George Bavonette va passer à la chambre à gaz.

— Quel est le rapport avec Cathy ?

— Il va être exécuté pour un crime qu'il n'a pas commis. C'est Struve qui a tué Diane et qui l'a mutilée. C'est lui a qui a tué et mutilé Cathy.

— Mais comment ? s'écria Cathy. Comment peux-tu en être aussi sûr ?

— Il m'a frappé. J'ai perdu connaissance… Tu sais comment c'est, quand on entend des voix dans son sommeil, sans pouvoir vraiment se concentrer ?

— Oui.

— J'étais dans une sorte de demi-conscience. J'ai entendu cet homme dire : "Tu sais qui je suis ?" Cathy a dit quelque chose comme "Lâchez-moi" ou "Allez-vous-en". Et lui, il a dit : "Tu ne sais pas qui je suis, hein ? Eh bien, je suis Struve. Je suis Robert Struve."

« Elle s'est mise à pleurer et à crier. J'ai essayé de me relever, et il m'a encore frappé. Je savais bien qu'il m'avait frappé deux fois.

— Tu as dit tout ça au shérif ? demanda Joe.

— Bien sûr. J'en reviens à l'instant. (Carr tâta délicatement son bandage.) J'ai de la chance de ne pas avoir de fracture du crâne.

— Avec quoi il t'a frappé ? demanda Joe.

— Je ne sais pas, dit Carr. (Il ajouta avec un sourire sarcastique :) Il n'a pas eu la politesse de me le montrer.

— Le shérif a-t-il dit quelque chose à propos de la cape ? À qui elle appartient ?

— Il a simplement dit qu'il allait faire des recherches. C'en est sans doute une que quelqu'un aura apportée au bal.

Julie tenait ses mains nerveusement serrées sur ses genoux.

— Il devait être au bal…

Carr haussa les épaules.

— N'importe qui pouvait y venir. Il n'y avait aucun moyen de contrôler l'accès. Tout ce dont il avait besoin, c'était d'un costume.

— C'est vraiment étrange, dit Julie. Ça me donne la chair de poule…

— Tu devrais voir ce qu'ils racontent dans les journaux… (Carr se leva.) Je vais téléphoner au procureur à San Francisco. Je pense qu'il devrait suspendre l'exécution.

Il traversa lentement la terrasse et disparut au milieu des arbres.

Julie se redressa brusquement dans son fauteuil.

— Je vais arrêter de me morfondre. Il va simplement falloir que je m'y fasse. (Des larmes se mirent à couler sur ses joues.) Carr a toujours détesté Robert Struve.

— Pour quelle raison ?

— Oh, juste une de ces situations comme on en voit au lycée.

Robert avait d'horribles cicatrices sur le visage. Tout le bas était affreusement abîmé... (Elle hésita.) Bon, autant te raconter toute l'histoire. Quand j'étais petite, mon père me laissait conduire la voiture. Je ne sais trop comment – je ne sais pas qui était en tort –, Robert a été renversé. Il était sur un scooter qui a pris feu, et il a été gravement brûlé. Il a sans doute dû penser que j'étais responsable. (Elle repensa à toutes ces années.) Et puis un jour, alors qu'il était en terminale – moi, j'étais en troisième –, des filles lui ont joué un vilain tour dans une cérémonie d'initiation. Diane Pendry, Cathy, Lucia et moi, nous étions candidates, et on nous a demandé d'aller l'embrasser. C'était une des épreuves du rite. Il s'est sans doute douté de ce qui se passait, et ça a dû le blesser... Bon, poursuivit-elle en rougissant, toujours est-il que quand je suis entrée dans la pièce, il m'a agrippée. Les autres ne m'ont pas entendue crier... En fait, le shériff Hartmann était en train de faire une descente de police. (Julie défroissa sa jupe.) Ils l'ont arrêté, il a été inculpé pour agression et violences, et on l'a envoyé dans un centre de rééducation... Et nous n'avons plus jamais entendu parler de lui. (Elle ajouta, comme en passant :) Sa mère est morte pendant qu'il était là-bas.

Ils restèrent un long moment sans rien dire, jusqu'à ce que Julie s'exclame, en tapant sur ses genoux avec ses poings :

— Je voudrais être à des millions de kilomètres d'ici !

Carr revint du côté de la piscine. Il avait les joues rouges et semblait furieux. Il s'assit.

— Ils me prennent pour un fou.

La domestique sortit de la maison.

— Miss Julie, le shériff Hartmann veut vous parler.

— Ah... Dites-lui de venir nous rejoindre ici, voulez-vous ?

Hartmann s'approcha d'un pas léger. Il avait plus l'air d'un courtier en assurances prospère que d'un shériff.

— Hello, Julie... Hello, Carr...

Julie fit les présentations :

— Shériff Hartmann – Joe Treddick.

Carr dit avec indignation :

— Je viens juste de téléphoner au procureur Maynard, à San Francisco. Il m'a poliment dit de me mêler de mes affaires.

Hartmann hocha la tête.

— Il ne pouvait pas suspendre une exécution simplement parce qu'un meurtre similaire a été commis ailleurs. Bavonette a été jugé coupable par un jury, et condamné à mort. Il n'existe aucun élément nouveau qui puisse remettre en cause son procès.

Carr se calma soudain.

— J'ai fait tout ce que je pouvais. S'ils le tuent, son sang sera sur leurs mains.

— Ma foi, dit Hartmann en haussant les épaules, j'ai bien peur que tout ça ne soit hors de mon domaine. (Il se tourna vers Julie.) J'aimerais vous poser quelques questions.

— Bien sûr, allez-y.

— Cathy a-t-elle eu de nouveaux petits amis récemment ?

— Rien de bien sérieux… Elle rencontrait toujours de nouveaux garçons, bien sûr, mais aucun qui compte vraiment.

— Y avait-il quelqu'un qui s'intéressait particulièrement à elle ? De façon anormale ?

— Non, dit Julie, certainement pas.

— Et pendant le bal ? A-t-elle dansé avec des étrangers, accepté des rendez-vous ?

— Bien sûr que non ! dit sèchement Carr.

Le shérif se leva.

— L'un d'entre vous aurait-il une idée qui permette d'y voir un peu plus clair ?

Julie secoua la tête.

— Non, désolé, dit Joe Treddick.

— Bon, fit Hartmann. Mais si jamais quelque chose vous venait à l'esprit, faites-le-moi savoir.

Il prit poliment congé. Carr marmonna rageusement :

— Voilà le résultat, quand on élit un play-boy comme shérif… Il ne faudrait pas grand-chose pour que je…

— Pour que tu te présentes comme shérif ? dit Joe.

Carr le foudroya du regard.

— Ce n'est pas le moment de plaisanter.

Lucia apparut sur la terrasse.

— Je pensais bien vous trouver tous ici.

Elle portait une simple robe de cotonnade verte. Ses longs cheveux noirs étaient dénoués, son visage était propre et frais comme si elle venait juste de le laver.

— Lucia, dit Julie, c'est un péché d'avoir l'air aussi jolie dans un moment pareil.

Lucia s'assit sur l'une des chaises en fer forgé blanc. Ses yeux étaient brillants, ses joues légèrement roses.

— Merci de m'avoir ramenée chez moi, dit-elle à Joe. Je ne sais vraiment pas ce qui m'a prise.

— Certains appellent ça de l'alcool, maugréa Carr.

Lucia gloussa. Julie la regarda avec curiosité.

— Je ne bois pas autant que ça, d'habitude. Il devait être horriblement tôt.

— Une heure du matin, dit Joe.

Lucia regarda ses amis.

— Il y a du nouveau ?

Julie haussa les épaules.

— Carr dit que c'est Robert Struve qui l'a assommé.

— Robert Struve ! (Lucia semblait stupéfaite. Elle se tourna vers Carr pour le regarder de la tête aux pieds.) Carr s'en est fait une idée fixe.

Carr détourna les yeux, en s'abstenant de répliquer.

— Pourquoi Robert Struve ferait-il une chose pareille ? Pourquoi s'en serait-il pris à Cathy ?

— C'est un fou dangereux, dit Carr. Mais ils vont l'attraper…

— La seule fois où Cathy a eu affaire à lui, dit Julie pensivement, c'était pendant cette horrible initiation Tri-Gamma.

Lucia écarquilla les yeux, puis elle réfléchit en se passant la langue sur les lèvres.

— J'y étais… et toi aussi, Julie. Et Diane.

— Diane est morte, dit brutalement Carr. Et Cathy… Vous deux, vous avez intérêt à ne jamais aller seules quelque part.

— Voyons, Carr, c'est absurde ! dit nerveusement Julie.

— Ouais, fit-il avec un ricanement sarcastique. Vraiment absurde, hein ?

Joe se leva.

— Je crois que je ferais mieux d'y aller.

Julie le raccompagna jusqu'à sa voiture.

— Je ne vois vraiment pas ce qu'elle trouve à ce type, déclara Carr. Il n'est pas intelligent, il n'a pas d'argent ni de famille, et il n'est même pas beau.

— Les filles sont bizarres, quelquefois, dit Lucia avec un léger sourire.

— Ça, tu peux le dire, marmonna Carr.

CHAPITRE XI

Le mardi matin, le jour de l'enterrement de Cathy, Julie reçut une lettre anonyme dans une enveloppe carrée blanche. Elle l'ouvrit et en sortit un bristol, apparemment découpé au ciseau pour être au même format que l'enveloppe.

Elle s'assit à son bureau et examina l'enveloppe. L'adresse avait été imprimée à l'encre violette, à l'aide d'un tampon en caoutchouc comme on en trouve dans toutes les papeteries.

Elle lut lentement le texte sur le bristol, également imprimé en violet :

SI SEULEMENT TU SAVAIS CE QUE JE SAIS.
QUELLE BONNE BLAGUE.

Julie fut perplexe, mais aussi un peu effrayée.

Qui avait écrit cette lettre ?

Quel visage parmi ceux qu'elle connaissait dissimulait une âme aussi étrange ?

Que signifiaient ces mots ? « Si seulement tu savais ce que je sais. » Il se passait quelque chose qu'elle devrait connaître. La personne qui lui avait écrit savait, mais ne voulait pas le lui dire. Cette personne devait la haïr !

Julie frissonna. De toute sa vie d'enfant gâtée, l'idée ne lui était jamais venue qu'on puisse ne pas l'aimer.

Mais elle en avait maintenant la preuve : quelqu'un la détestait.

Que faire ? Montrer la lettre à son père ? Non. Il la rassurerait en formulant des platitudes. Ce n'était pas ce que Julie voulait. La lettre était inquiétante, mais elle était excitante aussi. Elle voulait découvrir la personne qui l'avait écrite, et l'observer. Elle voulait déceler le tourbillon d'émotions sous le masque superficiel de l'amitié. Julie frissonna de nouveau, mais d'un étrange plaisir, cette fois.

Elle s'allongea sur son lit en regardant la lettre. Plus jamais elle ne serait la Julie Hovard insouciante. Une expression ressurgit du passé : « petite chipie écervelée ». C'était Cathy qui avait dit ça.

Cathy… Si seulement Cathy pouvait revenir, dire ce qui s'était passé…

Julie se releva brusquement et descendit pour téléphoner à Lucia.

— Lucia, c'est Julie.

— Tu as l'air déprimée.

— Je le suis… Ça te dirait de faire une balade en voiture ?

— J'ai d'autres choses en tête, répondit Lucia. Comme la lettre anonyme que j'ai reçue ce matin, par exemple.

— Une lettre anonyme ? J'en ai reçu une, moi aussi ! Qu'est-ce que disait la tienne ?

Lucia hésita.

— Tu es chez toi pour un moment ?

— Oui.

— Je passerai te voir.

Julie raccrocha. Le téléphone sonna aussitôt.

— Julie ? C'est Carr.

— Hello, Carr.

— Heu… comment ça va ?

— Bien. Et toi ?

— Oh… comme d'habitude. Un mètre quatre-vingt de muscles.

— Y compris le crâne.

— Ce n'est pas très gentil de dire ça.

Carr avait un ton presque badin. Julie se demanda ce qui lui prenait. Cherchait-il à flirter ? L'enterrement de Cathy avait lieu aujourd'hui. Julie se dit qu'elle était sans doute injuste envers lui.

— Carr… il y a quelque chose qui m'inquiète.

— Quoi ?

— J'ai reçu une lettre anonyme.

Carr sembla surpris – et étrangement soulagé.

— Ah bon ? Moi aussi !

— Et Lucia aussi… Qu'est-ce que dit la tienne ?

— Ah, hem… (La voix de Carr se fit plus distante et vague, comme s'il s'était éloigné du combiné.) C'est une sorte de lettre de menaces.

— Alors, qu'est-ce qu'elle dit ?

Julie entendit un froissement de papier.

— « Je tiens deux vies dans mes mains insouciantes. »

— Ça alors…

— Et la tienne ?

— « Si seulement tu savais ce que je sais. Quelle bonne blague. »

Carr resta silencieux. On n'entendait que le bourdonnement de la ligne.

— Carr ? fit Julie. Qui pourrait écrire des choses pareilles… Carr ?

— Je ne sais pas… (D'une voix plus distincte, il enchaîna :) Je vais passer chez toi pour t'emmener à l'enterrement.

— Joe vient me chercher.

— Ah, bon… Je te retrouverai là-bas.

Quand Lucia arriva, Julie l'emmena dans sa chambre.

— Je n'ai pas dit un mot de cette lettre à mes parents… Ils se feraient un sang d'encre.

— Je n'ai rien dit non plus.

— Carr en a reçu une, lui aussi.

— Ah bon ? Il t'a dit ce qu'il y avait dedans ?

— « Je tiens deux vies dans mes mains. »

Lucia s'assit.

— Et que disait la tienne ?

Julie la lui passa et Lucia la lut. Elle fit une légère grimace et la rendit.

— Montre-moi la tienne, dit Julie.

Lucia se pencha lentement sur son sac.

— Ce n'est pas… Elle n'est pas du même genre… Elle est obscène.

— Allez, Lucia, laisse-moi la voir.

Lucia la lui tendit. Julie la lut en pinçant les lèvres.

— Effectivement…

Lucia regarda pensivement par la fenêtre.

— Il y a un fou en liberté.

— Ha ! fit Julie. Rien de nouveau à ça. (Elle examina la tenue de

Lucia, une robe de ville noire et un chapeau noir.) C'est ce que tu vas porter à l'enterrement ?

Lucia hocha la tête.

— Moi, je n'ai rien de noir à me mettre – à part mon ensemble en faille de soie. Il n'est pas très élégant, mais un enterrement n'est pas censé être une réception mondaine. (Elle jeta un coup d'œil à l'horloge.) Ah, bon sang – je ferais mieux de me préparer. Tu veux bien m'attendre, Lucia ? On pourrait y aller ensemble. Joe vient me chercher.

— D'accord.

Une heure plus tard, Joe sonna à la porte, et Julie alla lui ouvrir.

— Entre, Joe. Maman pense que nous devrions y aller tous ensemble.

Joe hésita.

— Je ferais peut-être mieux de partir en avant.

Julie le prit par le bras.

— Mais non, voyons. Allez, entre.

Elle le conduisit dans le salon où Lucia attendait.

— Regarde ce que j'ai reçu ce matin, dit Julie en tendant sa lettre à Joe.

Il la lut sans faire de commentaire.

— Tu n'es pas étonné ? demanda Julie.

— Non, J'en ai reçu une aussi.

— Ça alors ! Qu'est-ce qu'elle disait ? Tu l'as ici ?

— Non, je l'ai jetée au panier.

— Bon, alors, qu'est-ce qu'elle disait ? Ne nous fais pas languir !

Joe grimaça un sourire.

— Elle disait que tu ne m'épouserais jamais. Jamais, jamais, jamais.

Julie fut indignée :

— Comme c'est méchant !

Margaret Hovard descendit. Darrell Hovard les attendait devant la maison avec la Cadillac, et ils se rendirent à l'enterrement.

Joe resta pour le dîner. Après le café, Julie et lui sortirent sur la terrasse, où ils s'assirent sur une balancelle.

— Joe, dit Julie, qu'est-ce que tu penses de toute cette histoire ?

— Tu veux dire… Cathy ? Et les lettres ?

— Oui.

Joe prit son temps pour répondre.

— Je ne sais pas vraiment quoi penser.

Julie fronça les sourcils.

— Ce qui est vraiment bizarre, c'est l'aspect Robert Struve. Je peux comprendre qu'il ait tué Cathy – mais pourquoi enverrait-il des lettres anonymes ?

— La personne qui a écrit ces lettres n'est pas l'assassin.

— Pourquoi dis-tu ça ?

— J'ai une très bonne idée de qui les a écrites.

— Qui ça ?

— Lucia.

Julie le regarda avec stupéfaction.

— Lucia ? Mais Joe – pourquoi écrirait-elle des lettres pareilles ? Et la lettre épouvantable qu'elle a reçue ?

— Qu'est-ce qu'elle disait ?

Julie rougit.

— C'était… eh bien, c'était très laid. Elle disait que… que Lucia ferait une bonne prostituée.

Joe hocha la tête.

— Lucia est une vieille fille frustrée.

— Mais Joe, elle n'a que vingt ans !

— Certaines filles le sont déjà à six ans.

— Tu crois qu'elle sait quelque chose, sur Cathy ? À quelle heure l'as-tu ramenée chez elle ?

— C'était vers minuit et demie. Je suis retourné au bal juste à temps pour voir Carr arriver en titubant. Et je suis resté avec elle une heure avant de la raccompagner.

— Donc, il est impossible qu'elle sache quoi que ce soit pour Cathy. Tu te trompes complètement, Joe. Quelqu'un d'autre a écrit ces lettres. Pourquoi pas Robert Struve ?

— Au fond, tout est possible. (Joe se leva.) Je ferais bien de m'en aller avant que ton père ne me chasse à coups de fouet.

Julie lui dit bonne nuit sur la terrasse, et regarda les feux de la voiture disparaître dans le virage. Elle hésita un instant, et au lieu de rentrer dans la maison, elle s'avança lentement sur la pelouse. La nuit était sombre, le ciel était dégagé : les étoiles scintillaient, pures, distantes, impassibles… Qu'y avait-il là-haut, parmi tous ces soleils lointains ?

Si les esprits des morts survivaient, peut-être s'en allaient-ils là-bas, au milieu des étoiles… Julie frissonna en repensant à Cathy. La pauvre Cathy, pâle et seule, errant dans les ténèbres…

Alors qu'elle s'apprêtait à retourner à l'intérieur, les projecteurs s'allumèrent dans l'allée. Julie reconnut la Jaguar. Elle soupira. Carr était bien la dernière personne à qui elle ait envie de parler… Mais elle ne pouvait s'échapper.

— McDermott a engagé un détective privé, lui dit Carr. Je reviens à l'instant de chez lui.

— C'est… c'est très intéressant, dit Julie d'une petite voix.

Carr hocha la tête.

— Mais il a intérêt à faire vite. On est déjà le 30, et Bavonette doit être exécuté le 7 juillet.

— Mais Carr…

Il l'interrompit d'une voix brutale.

— Ce n'est pas que Bavonette m'intéresse, je m'en fiche comme d'une guigne. Mais je ne veux pas qu'il paie pour les amusements de Struve. (Il tapota l'épaule de Julie.) Et voilà, maintenant que Cathy n'est plus là, il ne reste plus que toi et moi de la vieille bande d'autrefois.

— Je rentre me coucher, Carr.

— Ah ? Tu n'aimerais pas faire un petit tour en voiture ? Histoire de te dégager l'esprit avec un peu d'air frais ?

— Non, Carr.

— Comme tu voudras… Bonne nuit.

CHAPITRE XII

Julie s'assit à son bureau et examina l'enveloppe. Elle avait peur de l'ouvrir, peur de ce qu'elle pouvait contenir.

L'adresse avait été imprimée à l'encre violette :

MISS JULIE HOVARD
10 JAMAICA TERRACE
SAN GIORGIO, CALIFORNIE

Julie tâta l'enveloppe. Était-ce vraiment Lucia ? Elle l'ouvrit et lut la lettre :

CATHY DORT POUR TOUJOURS.
JE SAIS QUI L'A ENDORMIE. PEUT-ÊTRE QU'ON VA
T'ENDORMIR, TOI AUSSI.

— Hello, Julie !

Lucia portait un short en jean bleu, un chemisier rouge et des mocassins. Avec ses cheveux dénoués et son absence de maquillage, elle était plutôt jolie.

— Julie, devine ce que j'ai reçu ce matin !

— Je sais, dit Julie.

Le juge Small entra dans la pièce. C'était un vieil homme sourd comme un pot. Il avait un visage décharné, quelques rares cheveux blancs, et un regard menaçant qui avait toujours fortement impressionné Julie. Il portait un costume de twill gris un peu trop large pour lui, des chaussures noires à bout rond et une lourde chaîne de montre en or. Julie ne l'avait jamais vu habillé autrement.

— Bonjour, monsieur le juge, dit-elle poliment.

— Bonjour. (Le juge Small s'éclaircit la gorge.) Tu es la petite Hovard, c'est ça ?

— Bien sûr, Papa, dit Lucia. Ça fait des années que tu connais Julie. Elle est à l'université, maintenant.

Le juge Small hocha brièvement la tête et se retira dans sa bibliothèque.

— Que se passe-t-il ? demanda Lucia.

— J'ai reçu une autre lettre ce matin.

— Moi aussi. C'est ce que je commençais à te dire !

— Oui, fit Julie. J'avais compris.

Le germe de soupçon se transforma en certitude. En l'espace d'une seconde, Lucia devint une personne différente, dont Julie allait devoir réinterpréter les qualités qu'elle avait jusqu'ici connues et respectées.

— Montons dans ta chambre, dit-elle d'un ton décidé. Nous pourrons discuter tranquillement.

Et elle commença à gravir les marches de l'escalier sinistre.

Lucia avait une très grande chambre dans l'angle nord-est de la vieille demeure. Le plafond était à près de quatre mètres de haut, avec des moulures décoratives en plâtre doré. Six hautes fenêtres, voilées de rideaux de dentelle et de draperies vert pomme, montaient presque jusqu'au plafond. Des banquettes de velours étaient disposées devant les fenêtres. Le mobilier était d'un goût assez recherché – des antiquités d'un style dont Julie ignorait le nom. Il flottait dans la pièce une légère odeur de bois de santal, et la façon impeccable dont tout était rangé contrastait fortement avec le joyeux désordre que Julie avait dans sa propre chambre.

Lucia la suivit dans la pièce.

— Qu'est-ce que c'est que tout ce mystère ? demanda-t-elle avec un regard calculateur.

— Pas les lettres, en tout cas, dit Julie.

— Eh bien quoi, les lettres ?

— Il y a une chose que je veux savoir, Lucia. Est-ce toi qui les as écrites ?

Lucia éclata de rire.

— Quelle question, Julie !

— Alors, c'est toi, oui ou non ?

— Bien sûr que non. Tu crois que je… Julie ! s'écria-t-elle, soudain paniquée.

Julie s'était précipitée vers le grand secrétaire et en avait abaissé la tablette. Soigneusement rangé dans une des niches, il y avait un nécessaire à imprimer. Dans une autre, des bristols. Dans un troisième, des enveloppes blanches carrées.

Lucia referma sèchement le secrétaire et gifla Julie. Ses yeux étincelaient de colère.

Julie éclata de rire.

— Ainsi donc, Lucia, tu sais qui a tué Cathy. Alors, qui est-ce ?

— Ah, tu aimerais bien le savoir, hein ? dit Lucia en haletant.

— Je croyais que Joe t'avait raccompagnée assez tôt ?

— Je sais ce que je sais. Et maintenant, fiche le camp de cette maison ! Je ne veux plus jamais te voir !

— Ce n'est pas si simple que ça, Lucia. Tu as écrit d'horribles lettres de menaces. Je ne sais pas si c'est punissable par la loi – mais on peut demander à ton père.

Lucia s'assit dans un fauteuil, et des larmes perlèrent dans ses yeux. C'étaient des larmes de rage.

— Je veux savoir ce que tu voulais dire, insista Julie. « Cathy dort pour toujours. Je sais qui l'a endormie. Peut-être qu'on va t'endormir, toi aussi. »

La bouche de Lucia se crispa en un rictus mauvais.

— Tu te crois très maline, hein ?

— Qui a tué Cathy, Lucia ? Si tu le sais, tu devrais le dire à la police… C'est quelqu'un qu'on connaît ?

Lucia sourit.

— Peut-être.

— Est-ce Robert Struve ?

— Peut-être.

— Bon… Tu es certaine de le savoir ?

— Oui, dit Lucia, certaine.

— Comment l'as-tu découvert ?

— Je me suis servie de mon bon sens.

— Et tu penses que l'assassin pourrait recommencer ?

Lucia haussa les épaules.

— Je ne sais pas.

Les deux jeunes filles restèrent silencieuses. Lucia regardait en l'air, comme si elle écoutait des voix secrètes. Elle se mit à parler d'une voix douce et monocorde, sans vraiment s'adresser à Julie, mais de sorte que celle-ci l'entende.

— J'ai vingt ans. Je n'ai jamais laissé un homme me toucher – et qu'est-ce que ça m'a rapporté ? Rien du tout. Personne ne m'aime, personne ne me respecte. On me trouve froide… Mais je m'en fiche, maintenant. Je vais faire ce dont j'ai envie – et je me fiche bien du reste.

— Lucia, dit Julie d'une petite voix. Écoute-moi. Je suis ton amie…

— Toi, mon amie ? Tu n'es l'amie de personne, sauf de cette petite pimbêche de Julie Hovard.

— Ce n'est pas vrai ! s'écria Julie, les larmes aux yeux. Réfléchis, Lucia ! Réfléchis ! En supposant que tu saches qui a tué la pauvre Cathy – imagine que l'assassin sache que tu sais ! Pense à ce qui pourrait t'arriver !

Lucia sourit.

— Je me suis déjà occupée de ça. J'ai dit les choses très clairement. Il a intérêt à faire très attention. (Elle se leva d'un bond.) Et quant à toi, Julie Hovard – je te hais ! Je me fiche de ce qui peut t'arriver !

— Bon, dit Julie. Maintenant, les choses sont claires entre nous. Mais… si je voulais découvrir qui a tué Cathy, par quoi je devrais commencer ?

— C'est dans le journal. Dans la rubrique mondaine du numéro du dimanche. Ça crève les yeux. Mais jamais tu ne le verras. Je pourrais te le montrer, tu ne verrais quand même rien.

— D'accord, montre-moi.

— Oh, fiche le camp, dit Lucia en se jetant sur son lit.

Julie hésita.

— Lucia… si quelque chose te tracasse, on pourrait peut-être en parler ensemble…

Lucia se tourna vers elle, et elles se regardèrent un long moment en silence.

— Cathy a été assassinée ! s'écria Julie. Tu ne comprends donc pas ? Elle est morte !

Lucia détourna les yeux.

— J'aurais bien aimé y être pour voir la scène.

Julie sortit de la chambre en courant et dévala le grand escalier sombre. Arrivée en bas, elle jeta un coup d'œil dans la bibliothèque. Allongé sur un énorme canapé de cuir noir, le juge Small dormait.

Julie retourna en ville en roulant lentement. Elle trouva à se garer et entra dans le bâtiment de l'hôtel de ville. Une série de couloirs la mena au bureau du shérif.

Le shérif Hartmann n'était pas là, l'informa la réceptionniste.

— Savez-vous quand il doit revenir ?

— Dès qu'il aura rassemblé son quota hebdomadaire de travailleurs clandestins.

— Pouvez-vous lui dire que Julie Hovard aimerait le voir ?

— Très bien, Miss Hovard, je lui transmettrai le message.

Julie voulait de la compagnie, quelqu'un à qui parler, quelqu'un pour la réconforter.

Cathy était morte.

Je vais aller faire un tour à Mountainview, se dit-elle, pour voir comment les travaux avancent. En passant devant la cabane de l'entrepreneur, elle remarqua qu'un des camions benne était garé à côté, vide. Elle s'arrêta, sauta de sa voiture et entra dans le bureau en courant.

— Je voudrais voir Joe Treddick. Pouvez-vous me dire où il est ?

Un grand gaillard vêtu d'un bleu de travail poussiéreux l'examina.

— Vraiment pas. Il a donné sa démission ce matin.

— Sa démission ? Pourquoi ?

— Ça, je n'en sais rien… Il a démissionné, c'est tout.

Julie retourna en ville en faisant rugir son moteur. Elle était furieuse. Joe n'avait pas le droit de faire une chose pareille sans la consulter avant. Ma foi, qu'il aille se faire pendre…

Il se trouve que sa route passait devant la pension Fair Oaks. Pas de vieille Plymouth en vue.

Julie se gara et alla sonner. Une femme d'une cinquantaine d'années aux cheveux gris apparut derrière l'écran grillagé.

— Je cherche Joe Treddick, dit Julie.

— Vous l'avez manqué à une demi-heure près.

— Vous voulez dire que… qu'il est parti ? Il ne loge plus ici ?

— Non, il a fait ses valises.

— Est-ce qu'il a laissé une adresse ?

La femme examina Julie d'un œil perçant.

— Non, rien.

— Bon, fit Julie dépitée, merci beaucoup.

Elle reprit la route, profondément déprimée. En arrivant chez elle, elle vit la vieille Plymouth dans l'allée, et Joe qui sortait juste de la maison.

Julie fit un effort pour rester impassible.

— Joe !

Il s'approcha.

— Hello, Julie. J'avais peur de ne pas te voir avant de partir.

— Joe – où vas-tu ? dit-elle en lui prenant la main.

— J'ai démissionné, Julie. Je quitte San Giorgio.

— Mais pourquoi ?

Il sourit.

— Je n'aime pas ce qui se passe par ici.

Julie regarda la maison. Sa mère était très probablement en train de les épier par la fenêtre.

— Monte, Joe. Allons faire un tour. Il faut que je te parle.

Il s'installa à côté d'elle. Julie repartit et prit la grand-route pour quitter San Giorgio.

— Dis-moi la vérité, Joe.

Il fut lent à répondre.

— En fait, Julie, je n'aurais jamais dû venir ici

— Tu as reçu une autre lettre ce matin ?

— Oui.

— Que disait-elle ?

— Je préfère ne pas en parler.

Julie sentit des larmes lui monter aux yeux.

— J'en ai reçu une aussi. Tu peux la lire.

Elle s'arrêta sur le bas-côté, ouvrit la boîte à gants et lui tendit la lettre.

Il la lut en silence.

— Je suis allée voir Lucia. Nous nous sommes… affrontées. Tu avais raison. C'est elle qui a écrit ces lettres.

Joe hocha simplement la tête.

— Je ne veux pas que tu t'en ailles, Joe ! Et si Lucia avait raison ? Si quelqu'un m'*endormait*... ?

— C'est vraiment peu probable.

— Pourquoi ? Imagine que Robert Struve soit à San Giorgio ? Que ce soit vraiment un fou ?

— S'il a tué Cathy, et s'il a pour deux sous de bon sens, il va partir le plus loin possible de San Giorgio.

— Joe – est-ce que tu abandonnerais un navire en train de couler ?

Et ils éclatèrent de rire tous les deux.

— J'ai démissionné de mon boulot.

— C'est très simple ! Nous allons y retourner tout de suite, et tu vas « re-missionner » !

— Mais Julie...

— Imagine que tu lises dans la presse qu'on a retrouvé mon corps sauvagement mutilé à coups de couteau. Pourrais-tu jamais te le pardonner ?

Joe serrait et desserrait nerveusement les poings.

— Je ne sais pas si je le pourrais...

Elle l'embrassa sur la joue.

— Ah, Joe, le monde est un endroit tellement horrible ! (Elle le regarda dans les yeux.) Dis-moi que tu prendras bien soin de moi, Joe.

— Oui, dit-il, je prendrai soin de toi.

Elle ferma les yeux. Joe hésita une seconde, puis il l'embrassa. Elle lui tendit les bras pour un autre baiser. Ils finirent par se séparer lentement.

— Comme ça, en plein jour, dit Julie. Quelquefois, je me dis que je ne devrais pas être aussi affectueuse... Lucia, elle, a tout gardé à l'intérieur, et maintenant, le trop-plein déborde. J'espère simplement qu'il ne va rien lui arriver... (Elle tapota son volant.) Ce qui me fait penser...

— Oui, quoi ?

— Eh bien... Elle a dit que je pourrais savoir qui a tué Cathy en regardant la rubrique mondaine de dimanche.

— Ah oui ? (Joe réfléchit un instant.) Allons voir ça.

Ils s'installèrent l'un à côté de l'autre sur la canapé du salon des Hovard, penchés au-dessus du numéro du *Herald-Republican*.

— Elle a dit que je serais incapable de le voir, même si elle me collait le nez dessus. Elle devait avoir raison, parce que ça fait dix minutes qu'on le regarde, et je ne vois toujours rien.

— Essayons encore une fois, dit Joe. Commençons par le titre :

ÉVÉNEMENT DE LA SAISON
LE GRAND BAL MASQUÉ DE MOUNTAINVIEW

— Ça, pour un événement, c'était un événement, dit Joe.

Une fois de plus, ils examinèrent les photos. Il y en avait huit, disposées autour d'un encart central décrivant les costumes les plus notables, et ceux qui les avaient portés.

Julie se pencha sur le journal :

— Il y a Papa et Maman dans celle-là… et ça, dit-elle en pointant du doigt, c'est ma jambe. Je suis assise juste derrière la femme avec le chapeau de déesse-serpent… Là, tu es au bar avec Lucia.

Joe prit le journal. Lucia et lui se tenaient debout un peu à l'écart de la foule en noir et blanc. Lucia avait la tête légèrement inclinée de côté. Joe, par un effet dû à la mauvaise qualité de la reproduction, semblait sombre et sinistre.

— Pourquoi fais-tu une tête pareille ? demanda Julie.

Joe haussa les épaules.

— Je partais juste pour la raccompagner chez elle… On était en train de se frayer un chemin vers la sortie.

— Elle a l'air un peu bête.

— Oui, fit Joe, elle était assez éméchée – mais pas trop quand même.

Julie leva aussitôt les yeux.

— Pas trop éméchée pour quoi faire ?

Joe sourit.

— Un vrai gentleman ne dit jamais rien.

— Ah. C'est donc qu'il y a des choses à dire.

Son ton surprit Joe. Elle semblait soudain plus âgée.

— Non… Vraiment pas grand-chose. J'ai juste eu l'impression qu'elle était… intéressée.

— Et alors, tu t'es garé ? (Joe secoua la tête. Julie sembla sceptique.) Lucia n'est pas mal quand elle ne regarde pas les gens de haut.

— J'ai vu pire.

— Je vois… Bon, si tu admires Lucia à ce point…

Joe jeta le journal sur la table.

— Non, vraiment pas.

— Mais tu t'es garé avec elle un moment en la raccompagnant.

— Comment aurais-je pu faire ça et être de retour au bal en une demi-heure ?

— Tu es parti plus tôt.

— Non. Mais j'aurais un mal de chien à le prouver.

Julie reprit le journal.

— Allez, un dernier coup d'œil.

— Je crois que Lucia est un peu folle, dit Joe.

— Peut-être. Mais elle avait l'air tellement triomphante ! … Regarde, c'est peut-être ça.

— Quoi ?

Julie posa le doigt sur une photo.

— Cet homme, là, sur la piste de danse.

— Oui, eh bien ?

— Il porte son masque. Il a dansé plusieurs fois avec Cathy. Personne ne savait qui c'était. Et on ne le sait toujours pas.

— D'accord, un homme a dansé avec Cathy. Et alors ?

— Ça pourrait être Robert Struve.

Joe éclata de rire.

— Tu te laisses complètement hypnotiser par ce Robert Struve.

— Quelqu'un l'a tuée. Personne d'autre n'avait de raison pour ça.

— Mais quelle raison pouvait-il avoir ? C'est un truc que je n'ai jamais bien compris.

Julie soupira.

— C'est une longue histoire. Je ne sais que ce que Cathy m'a raconté… Tout ça remonte à cette horrible initiation Tri-Gamma.

Joe attendit.

— Cathy, Lucia et Diane sont entrées dans la chambre. Pour embrasser Robert. Elles pensaient qu'il dormait – qu'il était complètement saoul –, et elles ont dit des choses idiotes. Rien de bien grave – mais j'imagine que c'étaient des remarques assez désagréables. Suffisamment pour que Robert les déteste toutes.

— Ça s'est passé il y a des années. Ça semble vraiment très improbable.

— Cathy et Diane ont été toutes les deux tailladées à coups de couteau. Exactement là où le visage de Robert était si affreux. Et Carr l'a entendu – il a entendu ce qu'il a dit à Cathy.

Joe reposa le journal sur la table basse.

— J'ai une idée, dit-il.

— Qu'est-ce que c'est ?

— Lucia dit qu'elle sait exactement ce qui s'est passé.

Julie le regarda d'un air interrogateur.

— Et ton idée, c'est de l'emmener faire un tour en voiture et de te garer quelque part ?

— C'était juste une idée comme ça…

— Tu as plein d'idées. (Julie jeta le journal par terre.) Elle me narguerait pendant des années. Encore pire que ce qu'elle fait maintenant.

— Elle est simplement jalouse.

— Je préfère qu'elle soit jalouse de moi que moi d'elle.

— Tu n'as jamais été jalouse de qui que ce soit dans ta vie.

— Oh, mais si… Mais je ne te dirai jamais de qui.

Joe se leva.

— Je crois que je vais y aller.

— D'accord, dit Julie. Mais avant tout, tu vas aller récupérer ton boulot.

— Très bien, dit Joe. Si tu le dis.

— Oui, je le dis. Et maintenant, donne-moi un baiser.

CHAPITRE XIII

Aux Tourelles, le crépuscule tombait. Le soleil était couché depuis vingt minutes, et le ciel était une immensité orange foncé sur laquelle se découpait la sombre silhouette des pignons. Autour de la maison, les arbres étaient plongés dans l'obscurité.

La grande demeure était silencieuse. Le juge Small était assis dans la bibliothèque, un *Doctrines de la propriété franche* de Chapman posé sur les genoux et la tête penchée en arrière. Il somnolait. La domestique avait laissé une collation sur le buffet de la salle à manger avant de rentrer chez elle.

Lucia était dans sa chambre à l'étage. Allongée sur son lit, elle feuilletait un gros livre. C'était son album de terminale du lycée de San Giorgio. Elle tournait lentement les pages, et les visages familiers apparaissaient, passaient, et disparaissaient.

Elle s'attarda sur une page en particulier pour contempler le visage de Cathy McDermott, éclairé d'un sourire innocent et confiant. Lucia émit un léger bruit de gorge, un commentaire amer et sardonique sur le côté imprévisible de l'existence. On pouvait y déceler aussi une certaine satisfaction... La page en regard montrait Diane Pendry, la tête rejetée en arrière pour montrer son profil, avec une masse tempétueuse de cheveux.

Elle continua de tourner les pages l'une après l'autre jusqu'à la lettre S. Lucia Small. Elle regarda fixement la photo. Ses cheveux – elle s'était fait un chignon bien serré pour dégager le visage. Sa bouche était pincée en un petit sourire qui ne signifiait rien.

— Je ne suis pas comme ça ! dit Lucia entre ses dents. Je ne suis pas comme ça du tout !

Elle tourna les pages plus rapidement. Les photos du groupe des juniors : Julie Hovard. Cette petite égoïste si gaie et sûre d'elle… Lucia repensa à l'initiation Tri-Gamma et hocha la tête avec un sourire amer. Elle ne s'était jamais fait d'illusions sur cette affaire. Et dire que Julie s'en était tirée avec tant de nonchalance !

Lucia se leva d'un bond et s'approcha du grand miroir en pied fixé sur la porte de son placard.

Je suis jolie ! se dit-elle en posant les mains sur ses hanches et en se tournant d'un côté et de l'autre. J'ai une ossature fine, une silhouette élégante, des petits seins bien ronds, une taille souple…

Elle commença à se déshabiller.

La porte derrière elle s'ouvrit. Lentement, deux centimètres, trois, quatre. Un homme l'observait. Lucia ramassa sa jupe – et un léger déplacement d'air, une vibration mentale, l'alerta. Elle se retourna.

L'homme entra dans la chambre. Lucia ouvrit la bouche, mais seul un son rauque en sortit.

— Calme-toi, calme-toi… Tu es ravissante, comme ça.

— Qu'est-ce que tu veux ? demanda Lucia dans un souffle. Va-t-en d'ici !

— Mais je viens à peine d'arriver. (Il l'examina attentivement.) Tu n'aurais pas dû envoyer toutes ces lettres, Lucia.

— Non, peut-être… (La voix de Lucia était étrangement calme.) J'en ai écrit d'autres, tu sais. Elles seront postées s'il m'arrive quoi que ce soit.

Il s'approcha d'elle. Lucia se glissa dans ses bras et se serra contre sa poitrine.

En bas, le juge Small s'agita en bâillant. Il était allongé sur le vieux canapé en cuir noir. Il tendit le bras pour reprendre son livre, chaussa ses lunettes et reprit sa lecture, en hochant la tête de temps en temps.

Un bruit, quelque part ? Le juge Small cligna des yeux et regarda autour de lui. Tout semblait normal.

À l'étage, l'homme alla silencieusement jusqu'à la porte et jeta un coup d'œil dans le couloir : personne en vue. Il se glissa jusqu'à la salle de bain où il s'enferma et se lava avec soin.

En bas, dans la bibliothèque, le juge Small se releva péniblement et se rendit dans la salle à manger. Après avoir inspecté le buffet à travers ses verres à double foyer, il prit un bol de carottes râpées, un œuf dur, une poignée de crackers, et s'installa à table.

Quand il eut fini de manger, il bâilla, se leva lourdement et hésita un instant en regardant vers le couloir. C'était le reflet de la lumière de la bibliothèque sur le parquet ciré qui avait apparemment attiré son attention. Il le contempla un instant en suçotant un morceau de carotte coincé entre ses dents, puis il alla s'installer dans sa cabine d'ascenseur et appuya sur le bouton.

Dans la chambre de Lucia, l'homme entendit le bourdonnement du moteur. Il se figea. Le bourdonnement s'arrêta, et un instant plus tard, la fenêtre de la tourelle nord-est se mit à briller d'une lumière jaunâtre. Le juge était dans son bureau, où il resterait jusqu'à minuit ou même plus tard.

L'homme, qui portait à présent des gants, s'approcha du secrétaire de Lucia. Il tourna la clé, abaissa la tablette et se mit à explorer les différents compartiments, sans rien trouver qui l'intéresse.

Il referma le secrétaire et commença à fouiller la pièce, avec une nonchalance presque insolente, tout comme l'était son indifférence au fait qu'il trouve ou non quelque chose. Lucia avait peut-être essayé de se protéger – avec par exemple une lettre adressée aux autorités –, mais quelle importance ? Que pouvait-elle prouver ? Qui pouvait prouver quoi que ce soit ?

Dans le tiroir de la table de chevet, il trouva une coupure de journal : la rubrique mondaine du *Herald-Republican*. Une photo. Il l'examina et haussa les épaules. Il la plia et la mit dans sa poche.

Il s'arrêta un instant près du lit pour jeter un dernier regard à Lucia.

Il pinça les lèvres et secoua la tête. Il recula lentement, balayant la pièce des yeux tel un jardinier examinant son lopin de terre, puis il éteignit la lumière, quitta la pièce et sortit de la maison.

La longue nuit sombre s'écoula. La chambre était silencieuse. L'aube vint. La pièce s'éclaira d'une lueur argentée, puis des rayons de soleil pénétrèrent par les rideaux.

À 10 heures, des pas décidés se firent entendre dans le couloir, et la porte s'ouvrit toute grande. Quand elle en fut enfin capable, la domestique téléphona au shérif Hartmann, sans passer par le vieux juge Small enfermé dans sa surdité.

Quand le soir arriva, une grande animation régnait dans San Giorgio. Deux victimes atrocement mutilées dans la semaine, un fou criminel en liberté ! Le shérif Hartmann se sentait totalement impuissant. Il n'avait pas de suspects à interroger, pas le moindre indice. Il ne savait pas par où commencer, ni par quoi. La seule possibilité qui se présentait était cette identification de Robert Struve faite par Carr Pendry alors qu'il était à moitié inconscient. Ce n'était pas grand-chose, mais enfin, c'était une piste, et il n'en avait pas d'autres.

* * *

Vers 11 heures, Carr Pendry se présenta chez les Hovard en compagnie d'un étranger – un petit homme mince avec un visage d'employé de banque, vêtu de façon assez étonnante : costume en gabardine marron foncé, étroite cravate de laine assortie, chaussures marron clair.

La bonne alla ouvrir. Margaret Hovard la rejoignit, curieuse de voir qui venait lui rendre ainsi visite.

— Ah, c'est toi, Carr.

— Hello, Mrs Hovard. Je vous présente Mr Brevis. Mr Brevis est détective privé.

— Vous êtes l'homme que Mr McDermott a engagé ?

Brevis hocha la tête.

— Je vous serais reconnaissant, Mrs Hovard, de ne mentionner à personne mon implication dans cette affaire.

— Non, bien sûr.

— J'aimerais m'entretenir avec votre fille, si vous le permettez.

— Comme vous voudrez, dit Mrs Hovard, bien que je ne voie vraiment pas en quoi elle peut vous être utile.

Elle se rendit au pied de l'escalier.

— Julie !

Julie descendit.

— Voici Mr Brevis, dit Margaret. C'est un détective, et il veut te parler.

Julie hocha la tête et attendit.

— Je crois qu'il serait préférable de faire ça en privé, dit Mr Brevis.

Avant que Margaret n'ait pu protester, Julie dit :

— Allons sur la terrasse.

Brevis la suivit. Leur conversation dura près d'une heure, puis ils rejoignirent Margaret et Carr.

— Alors, Brevis, dit Carr, vous avez appris quelque chose ?

— Je pense avoir une idée générale de la situation, répondit le détective.

Carr s'éclaircit la gorge.

— Est-ce que Julie a pu vous aider d'une quelconque façon ?

Brevis haussa les épaules.

— Nous avons discuté de l'affaire…

* * *

Brevis se trouvait au secrétariat du Centre de rééducation de Las Lomas.

— Oui, oui, dit-il, c'est fort intéressant, mais…

— C'est tout ce que je peux vous dire, et c'est exactement ce que j'ai dit au bureau du shériff au téléphone. J'ai parlé au shériff en personne. Le shériff Hartmann. (L'interlocutrice de Brevis, une femme corpulente vêtue d'un tailleur marron, le regarda d'un air interrogateur.) C'est étrange qu'ils vous envoient ici et qu'ils m'appellent ensuite…

Brevis fit un petit geste désinvolte.

— Il y a peut-être quelqu'un ici qui connaissait particulièrement bien Robert Struve ? Une surveillante, par exemple ?

La femme feuilleta un registre et consulta une liste de noms.

— C'était Mrs Fador, à l'époque. (Elle décrocha son téléphone et composa un numéro.) Mrs Fador, s'il vous plaît… Mrs Fador, c'est Anna. J'ai ici un monsieur venu de San Giorgio, qui s'intéresse à Robert Struve. Il aimerait parler à quelqu'un qui l'a bien connu… Le Dr O'Brien. Merci beaucoup.

Elle coupa la communication et composa aussitôt un autre numéro. Après une brève conversation avec le Dr O'Brien, elle fit signe à Brevis :

— Prenez le couloir, tournez à droite et traversez la cour. Demandez le Dr O'Brien. Il connaissait Robert aussi bien qu'un autre.

Le bureau du Dr O'Brien était une grande pièce encombrée de toute une variété de mobilier : bibliothèques, une grande table, des fauteuils. Le Dr O'Brien était assis à son bureau, avec une pile de livres à sa droite et une pile de documents à sa gauche. Son visage était rouge vif et apparemment couvert d'huile.

— Excusez-moi de ne pas me lever, dit-il. Je me suis bêtement assoupi au soleil ce matin… Si vous voulez bien vous asseoir ?

Brevis s'installa dans un fauteuil à côté du bureau.

— Je m'appelle Brevis. Je suis détective.

— Ah, oui, fit O'Brien. Avec la police de San Giorgio.

— Je crains qu'il n'y ait eu un léger malentendu, dit Brevis. Je suis détective privé.

Il montra ses papiers à O'Brien, qui sembla intrigué.

— Ah. De quoi s'agit-il, exactement ?

Brevis se redressa.

— Ma foi, docteur, pour être tout à fait franc avec vous, je suis un peu perdu. Toute cette situation me dépasse. J'ai pensé que vous pourriez m'aider à y voir plus clair.

O'Brien se détendit et fronça pensivement les sourcils.

— Robert Struve, hein ? Dans quel genre de pétrin s'est-il fourré ?

— Vous êtes peut-être au courant des deux meurtres au couteau perpétrés à San Giorgio ?

— Oh, oui. Vous croyez – je veux dire, vous avez des raisons de penser que Robert est responsable ?

Brevis secoua la tête.

— C'est justement pour cela que je suis ici – pour déterminer s'il y a une possibilité que Struve soit l'assassin.

O'Brien haussa les épaules et grimaça de douleur.

— C'est difficile à dire. Robert… ma foi, c'était un garçon remarquable, doté d'une détermination extraordinaire. Mais je n'ai jamais vraiment su où elle pourrait le mener.

— Quel genre de garçon était-ce ?

O'Brien se leva avec précaution et alla fouiller dans un meuble de classement. Il en revint avec une chemise en papier kraft.

— Voici son dossier, dit-il. Là, c'est sa photo… avant la chirurgie réparatrice, naturellement.

Brevis examina le cliché.

— Hmm… Pas très joli à voir.

— Non, dit O'Brien. Une masse de tissus cicatriciels comme j'en ai rarement vu. Heureusement, il a été possible de les éliminer. Les chirurgiens ont fait un travail admirable.

— Avez-vous une photo de Struve après l'opération ?

Le Dr O'Brien eut un petit rire embarrassé.

— Struve a été photographié à son arrivée, conformément aux procédures réglementaires. Mais après l'opération, personne n'avait la responsabilité de le faire… Non, je pense qu'il n'y a aucune photo de lui.

Brevis jeta de nouveau un coup d'œil à la photo.

— Les modifications de son visage ont sans doute modifié son caractère ?

O'Brien haussa les épaules.

— En tout cas, cela a affecté son comportement.

— Je vais formuler ça autrement. Pouvez-vous imaginer Robert Struve ruminant une rancœur pendant cinq ans, et commettant des crimes horribles pour assouvir sa soif de vengeance ?

— Honnêtement, je suis incapable de répondre à votre question. J'ai toujours vu Robert comme un garçon qui portait un terrible fardeau sur les épaules. Sa mère était une femme à l'esprit assez faible, qui en a fait l'homme de la maison alors qu'il n'avait que neuf ans. Quand il nous a quittés – ma foi, j'avoue que je ne savais pas ce qu'il deviendrait. J'ai recommandé sa libération parce que je pensais que l'armée lui offrirait une bien meilleure thérapie qu'ici.

— Il s'est engagé dans l'armée ?

— Non. Son numéro est sorti, et il a été incorporé. Nous avions le choix entre le laisser partir, ou le garder ici jusqu'à ce qu'il ait vingt et un ans. Il n'était absolument pas question de turpitude morale : nous avions tous le sentiment qu'il avait été victime de circonstances particulières, et c'est sur cette base qu'il est parti à l'armée.

— Savez-vous où il a fait ses classes ?

— À Sacramento, je crois.

— Je vois… Puis-je vous demander sa classification d'empreintes digitales ?

O'Brien lui passa le document, et Brevis prit quelques notes.

— Vous m'avez été d'une grande utilité, docteur.

— Peut-être pourrez-vous me dire en quoi Robert Struve est impliqué dans cette affaire ?

— Franchement, docteur, c'est précisément ce que j'essaie de déterminer.

— Je vois… Ma foi, c'est toujours troublant d'apprendre qu'un de nos garçons a des ennuis avec la justice.

— Ne vous méprenez pas, docteur. Robert n'a pas d'ennuis avec la justice. Pour l'instant, il s'agit seulement de l'éventualité d'un lien qu'il aurait avec l'affaire. Il est fort possible que je prouve son innocence.

Le Dr O'Brien sembla se désintéresser du sujet.

— Eh bien, je ne peux pas vous en dire davantage. Il y a des garçons que nous finissons par très bien connaître, et d'autres pas du tout. Robert appartenait à la deuxième catégorie.

* * *

Brevis retourna à San Giorgio deux jours plus tard et se rendit à l'Association immobilière de San Giorgio.

McDermott était assis à son bureau, les mains croisées sur son sous-main en maroquin vert. Brevis entra dans la pièce.

McDermott lui fit signe de s'asseoir.

— Alors, qu'avez-vous trouvé ?

— Rien de concluant. (Brevis sortit un calepin de sa poche.) Le peu que j'ai récupéré a demandé des efforts considérables. J'ai fait au moins une demi-douzaine de services et bureaux d'enregistrement. Je vous ai coûté trente-cinq dollars rien que pour graisser des pattes.

McDermott attendit. Brevis consulta les notes qu'il connaissait déjà par cœur.

— Le 12 janvier 1950, Robert Struve est entré dans l'armée. Il a été affecté au corps du génie, et envoyé outre-mer – d'abord aux Philippines, où il a été promu au rang de caporal, puis en Corée.

« En juillet 1951, son unité a reçu l'ordre de monter au front. Le 1er novembre 1951, le caporal Robert Struve a été tué au combat, ainsi que toute sa section.

— Tiens, tiens… fit McDermott. Il n'y a aucune possibilité d'erreur ?

— J'ai vu la liste officielle.

McDermott se massa le front et se renfonça dans son fauteuil.

— J'ai trouvé autre chose, ajouta Brevis d'un air dégagé.

— Hein ? fit McDermott.

— Comme je vous l'ai dit, la section entière de Struve a été neutra-lisée au combat. Je crois qu'un obus de mortier a explosé parmi eux. Tous sont morts, sauf un, qui a été fait prisonnier par les Chinois.

Le téléphone sonna.

— Excusez-moi, dit McDermott en décrochant. Allô ?

— C'est Carr Pendry, Mr McDermott. J'ai de nouvelles informa-tions, et je voulais vous en faire part.

— De quoi s'agit-il ?

— Je viens juste de parler au shériff Hartmann. Il a remonté la piste de Robert Struve.

McDermott lança un regard à Brevis.

— Où est-il ?

— Il est mort.

— Ah, oui. Je le savais déjà.

— Oh. (Carr sembla dépité) Ma foi, je voulais vous en informer…

McDermott raccrocha et prit son carnet de chèques.

— Combien vous dois-je ?

Brevis pinça les lèvres.

— Il y a encore une chose qui pourrait vous intéresser.

— Allez-y, dit McDermott en se calant dans son fauteuil.

— Comme je vous l'ai dit, un homme de la section de Struve a échappé à la mort.

— Oui, eh bien ?

— Ce n'est peut-être qu'une remarquable coïncidence – mais le gar-çon que fréquente Julie Hovard ne s'appelle-t-il pas Joe Treddick ?

— Effectivement, dit McDermott, je crois bien.

— C'est aussi le nom de l'unique survivant de la section de Robert Struve.

— Vous ne voulez pas dire… (McDermott réfléchit un instant.) Qu'en pensez-vous ?

— Personnellement, j'en pense que cela intéressera le shériff.

* * *

Le shériff Hartmann frappa à la porte de la pension Fair Oaks. Mrs Tuttle apparut sur le seuil, en s'essuyant les mains sur son tablier.

— Oui ?

— Je suis le shériff Hartmann, Mrs Tuttle. Joe Treddick loge bien ici ?

— Oui, mais il n'est pas là pour l'instant. Il faudra revenir plus tard.

— Savez-vous où il est ?

— Aucune idée, dit Mrs Tuttle. Et maintenant, si vous voulez bien m'excuser…

— Merci, Mrs Tuttle.

Le shériff Hartmann remonta dans sa voiture. Dans Conroy Avenue, la Jaguar de Carr Pendry apparut dans son rétroviseur. Et quand le shériff s'engagea dans l'allée des Hovard, la Jaguar le suivit aussitôt. Carr rejoignit Hartmann sur la terrasse.

— Hello, shériff. Que se passe-t-il ?

Le shériff hésita.

— Eh bien, Carr – cela dit en tout confidence, il y a un développement important dans l'affaire. Avez-vous vu Joe Treddick dans les parages ?

— Joe ? Non, pas aujourd'hui. Qu'est-ce que vous lui voulez ?

Le shériff Hartmann hésita encore, puis il dit :

— Nous avons des raisons de penser que Joe Treddick a connu Robert Struve en Corée.

Carr mit une seconde à absorber l'information.

— Ça alors… Si Struve est mort – et Treddick débarque ici… Qu'est-ce que ça peut vouloir dire ?

— C'est ce que nous avons bien l'intention de découvrir.

Carr ouvrit la porte.

— Hello ! lança-t-il. Il y a quelqu'un ?

— Par ici ! fit la voix de Darrell Hovard qui était dans le salon. Qui est là ? Carr ?

— Carr et le shériff Hartmann.

Darrell et Margaret étaient tranquillement installés au fond de la pièce.

— Entrez…. Asseyez-vous. (Darrell s'approcha du bar.) Qu'est-ce qui vous tenterait ? Un martini ?

— Non, pas maintenant, merci, fit Hartmann. Je cherche Joe Treddick. Il est ici ?

— Joe ? Qu'est-ce que vous voulez à Joe ?

— Juste lui poser quelques questions. Il est dans les environs ?

— Non, répondit Darrell. Julie et lui sont partis faire un tour en voiture – il y a une heure ou deux. Ils ont dit qu'ils seraient de retour pour dîner.

— Où sont-ils allés ?

— Est-ce que c'est… urgent ? demanda Darrell d'une voix soudain inquiète.

— Oui, très urgent. Vous permettez que j'utilise votre téléphone ?

Chapitre XIV

La route grimpait sur le flanc de la montagne. On apercevait ici et là un ranch isolé. Quand Joe Treddick et Julie franchirent le sommet de la crête, ils furent aveuglés par le soleil couchant. Joe ralentit. Ils avaient sous les yeux la vaste étendue de la Silverado Valley, à présent baignée d'une lumière dorée.

Un camion arriva derrière eux, les doubla et s'engagea en seconde dans la descente. Le bruit de moteur s'éloigna.

Joe prit une piste de terre qui menait à une pointe rocheuse.

— Joe, dit Julie, Maman va être furieuse si nous sommes en retard pour le dîner.

Joe hocha la tête et s'arrêta. Ils restèrent là à admirer le coucher de soleil.

Un vautour qui planait au-dessus de la vallée s'approcha et décrivit un grand cercle avant de s'éloigner.

Joe tenait la main de Julie. En la serrant, il sentait sa chaleur, le battement de son cœur…

— Tu sens ça ? dit-il soudain d'une voix étrange. C'est comme une étincelle, un courant qui passe. Tu le sens ?

— Oh – plus ou moins.

— C'est la vie. Toi et moi, nous sommes vivants.

Julie regarda au loin, vaguement troublée. Ils restèrent assis en silence jusqu'à ce que le soleil disparaisse derrière les collines. Elle se tourna vers Joe. Il avait le regard fixé vers l'ouest comme si c'était la première fois qu'il voyait le soleil se coucher.

— Joe – qu'est-ce qui te tracasse ?

Joe eut le léger sourire auquel elle s'attendait. Il gardait toujours ses soucis pour lui.

— Pourquoi me demandes-tu ça ?

— Tu sembles si bizarre… J'ai l'impression de ne pas te connaître.

— Est-ce qu'on peut vraiment connaître quelqu'un ?

— Allons, Joe. D'un point de vue pratique, je te connais très bien.

Joe sourit de nouveau.

— Tu es sur le point de me connaître encore mieux.

Julie eut un petit rire hésitant.

— Je ferais peut-être mieux de garder mes illusions. (Elle regarda sa montre.) Et puis, Maman va nous écorcher vifs quand nous arriverons au dîner avec une heure de retard.

Joe ne fit aucun geste pour démarrer.

D'abord exaspérée, Julie éprouva soudain un élan de compassion. Elle ignorait ce qui troublait Joe, mais cela devait être très important. En général, il se montrait plein d'égards.

— Bon, dit-elle, après tout, tant pis si nous sommes en retard.

Joe la prit par les épaules et l'attira vers lui, mais elle résista. Elle se sentait tendue, mal à l'aise.

— Non, Joe, s'il te plaît. Pas maintenant.

Ils se regardèrent dans les yeux. Joe ouvrit la bouche… et la referma. On aurait dit qu'il luttait pour surmonter un problème d'élocution. Julie était intriguée.

— Julie, dit-il enfin, je t'ai aimée dès le premier jour où je t'ai vue.

— C'est gentil. (En riant nerveusement, elle essaya de se dégager de ses bras.) Lâche-moi, Joe ! Je n'aime pas être serrée comme ça.

Il était très pâle, et ses yeux brillaient intensément.

Elle réussit enfin à se libérer en se glissant sous un bras. Ils se regardèrent un instant, et Julie détourna les yeux. Le silence se prolongea, de plus en plus tendu. Qu'est-ce qui lui arrive ? se demanda Julie. Elle se pencha vers le tableau de bord et alluma la radio.

— Joe, dit-elle. Rentrons à la maison.

Joe était en train de regarder dans son rétroviseur.

— Oui, c'est une bonne idée.

Il mit le contact et fit demi-tour. Une voiture noire et blanche barrait le chemin – la police de la route. Un agent en sortit et leur fit signe de s'arrêter. Il jeta un coup d'œil dans la voiture.

— Vous êtes Joe Treddick ?

— Oui, c'est moi.

— Et vous êtes Miss Julie Hovard ?

— Oui.

— Il y a un problème ? demanda Joe.

— Non, aucun problème, dit le policier. Ça vous ennuierait d'attendre ici deux minutes ?

— On m'attend chez moi, dit Julie.

Le policier retourna dans sa voiture et dit quelques mots dans son micro. Une voix nasillarde lui répondit. Le policier raccrocha.

Joe posa la main sur la poignée de sa portière, mais Julie le retint par le bras.

— Qu'est-ce que tu vas faire ?

— Je veux comprendre ce qui se passe.

— Attends, Joe… Attendons.

Il se détendit sur son siège.

— Qu'est-ce qu'ils peuvent bien nous vouloir ? s'interrogea Julie.

Joe haussa les épaules. Julie le regarda avec curiosité.

Cinq minutes s'écoulèrent. Une deuxième voiture de patrouille arriva et s'arrêta à côté de la première. Deux autres policiers en descendirent et s'entretinrent brièvement avec le premier, puis tous les trois s'approchèrent de la voiture de Joe.

— Mr Treddick, dit le sergent qui était arrivé dans la deuxième voiture, si vous n'y voyez pas d'inconvénient, je vais vous accompagner jusqu'à San Giorgio. Miss Hovard ira dans la voiture de patrouille. Un élément nouveau est apparu, et le shériff voudrait vous poser quelques questions à ce sujet.

— Mais qu'est-ce qu'ils racontent ? demanda Julie.

— S'il vous plaît, Miss Hovard. Descendez.

Julie descendit de la voiture et le sergent s'installa à sa place.

— Et maintenant, Mr Treddick, rentrons à San Giorgio. Et roulez doucement.

Joe démarra.

— Suis-je en état d'arrestation ?

— Non, non. Allons-y.

Dix-neuf minutes plus tard, la voiture de patrouille déposa Julie devant sa porte. Elle sortit aussitôt et gravit rapidement les marches du perron. Ses parents sortirent de la maison, et sa mère la serra contre elle.

— Julie, ma chérie, Dieu soit loué, tu es saine et sauve !

— « Saine et sauve » ? Bien sûr que je le suis ! Pourquoi ne le serais-je pas ?

— Entrons, dit Carr en la prenant par le bras. Je vais tout te raconter.

— Arrête de me tirer comme ça, dit Julie. (Elle entra dans la maison d'un pas décidé.) J'aimerais bien savoir pourquoi vous êtes tous aussi agités.

* * *

Installé à son bureau, le shériff Hartmann se balançait tranquillement dans son fauteuil, son chapeau sur la tête.

Joe entra dans la pièce. L'adjoint resta debout sur le seuil.

— Voici Joe Treddick, shériff.

— Très bien, dit Hartmann en arrêtant de se balancer. Apportenous un peu de café, Howard, tu veux bien ? Qu'est-ce que vous prenez, mon jeune ami ?

— Café noir, dit Joe. Sans sucre.

— OK. Deux noirs sans sucre.

L'adjoint allait fermer la porte quand le shériff lui lança :

— Hé ! Dis à Sid de venir pour prendre une déposition.

— Autre chose ? La matraque en caoutchouc, peut-être ?

Le shériff Hartmann sourit.

— Non, pas ce soir. Joe et moi, nous allons très bien nous entendre.

La porte se referma.

— Désolé de tout ce dérangement, Joe – mais nous pensons que vous pourriez nous aider.

— Comment ça ?

— Simplement en répondant à quelques questions. Une cigarette ?

Joe en accepta une avec un très léger sourire.

Le shériff fit craquer une allumette.

— Votre travail vous plaît, Joe ?

— C'est un peu monotone.

— Vous touchez une pension d'ancien combattant, non ?

— Pas à ma connaissance.

— Je croyais que tous les prisonniers de guerre y avaient droit ?

— J'imagine qu'il y en a qui y ont droit, et d'autres pas…

Un homme mince aux cheveux noirs entra discrètement dans la pièce et s'installa avec un bloc sur les genoux.

— C'est Sid, dit le shériff. Il va noter votre déposition.

— Ma déposition à quel sujet ?

— Il y a eu deux meurtres particulièrement horribles en ville. Nous faisons le maximum pour les élucider.

— Oui, naturellement.

— Vous savez quelque chose sur ces meurtres ?

— Juste ce que j'ai lu dans les journaux.

Le shériff hocha la tête.

— Je vois. Il se trouve que nous pensons qu'un type du nom de Robert Struve pourrait nous donner quelques informations.

L'adjoint entra dans le bureau avec deux tasses de café. Il en posa une devant le shériff, l'autre devant Joe.

— Merci, dit Joe.

— Merci, Howard, dit le shériff. Et justement, Joe, il semble que vous ayez servi sous les ordres de Struve en Corée.

Le shériff attendit. Joe but une gorgée de café.

— Alors ? insista le shériff.

— C'était une question ?

Hartmann fronça les sourcils, puis un sourire éclaira lentement son visage.

— OK, Joe. Jouons le jeu à votre façon. Vous dites que vous avez connu Struve ?

Joe but son café en réfléchissant. Le shériff attendit, en l'observant attentivement. Assis dans l'ombre, Sid, le sténographe, l'observait également tel un cafard tapi dans une fente du mur.

Le shériff finit par dire :

— Vous ne vous rendez pas service, Joe. Si vous êtes un homme honnête, vous n'avez rien à craindre.

— C'est bien pour ça que je n'ai pas peur, répondit Joe.

— Très bien, dit le shériff d'un ton jovial. Alors, vous allez peut-être répondre à cette question. Avez-vous connu Robert Struve en Corée ?

— Oui, dit Joe, je l'ai connu. Le caporal Robert Struve.

— Ah, fit le shériff Hartmann. On progresse. Que lui est-il arrivé, au juste ?

— L'armée dit qu'il est mort. C'est sans doute vrai.

— Hum… fit le shériff Hartmann. Vous pensez que vous reconnaîtriez une photo de lui ?

— Difficile à dire.

— Regardez celle-ci.

Le shériff lui lança une photo montée entre deux plaques de verre. Joe se baissa, et la photo tomba par terre.

— Bon sang ! s'écria Hartmann. Vous ne pouviez pas l'attraper ?

— Je suis un peu nerveux, dit Joe.

— Nerveux ? Ah, oui, nerveux comme une tranche de poisson froid.

Joe se pencha vers la photo, qui était posée à l'envers. Du bout de l'ongle, il la retourna.

Le visage sur la photo était celui de Robert Struve le jour de son admission au Centre de rééducation de Las Lomas. Le shériff Hartmann crut remarquer une légère crispation dans la joue de Joe.

— Vous le reconnaissez ?

— Ce n'est pas le Robert Struve tel que je l'ai vu la dernière fois.

— Non ? Ah… (Le shériff se leva.) Voyez-vous une objection à ce que nous prenions vos empreintes digitales ?

— Oui, j'en vois une.

Le shériff fit signe au sténographe.

— Change ça, Sid. Mets qu'il a dit : « Non, naturellement. »

— Compris, fit Sid.

Le shériff alla ouvrir la porte.

— Howard, apporte le matériel.

Joe n'opposa aucune résistance. On lui encra les doigts et on les fit rouler l'un après l'autre sur un papier.

— Maintenant, Joe, si vous voulez bien attendre deux minutes… Garde un œil sur lui, Sid.

Le shériff quitta la pièce. Joe écrasa sa cigarette et sirota son café. Trois minutes plus tard, le shériff revint.

— Ma foi, Joe, vos empreintes sont très intéressantes. (Joe ne dit rien. Hartmann s'installa dans son fauteuil.) Oui, vraiment. C'est une

sacrée coïncidence, non ? Le fait que vos empreintes ressemblent tellement à celles de Struve ?

Joe sourit.

— Vous préférez vous faire appeler Joe Treddick plutôt que Struve ?

— Oui. Il se trouve que c'est mon nom.

Le shériff inclina son fauteuil en arrière.

— Écoutez, Joe – ou Robert –, pourquoi ne pas nous faire économi-
ser à tous les deux beaucoup de temps et d'efforts, en nous racontant
ce qui s'est passé ?

— C'est vous qui posez les questions.

— Pourquoi avez-vous tué Cathy McDermott ? Pourquoi avez-vous
tué Lucia Small ?

L'interrogatoire se poursuivit jusqu'à ce que le shériff ait les yeux
rouges et commence à bafouiller. Joe Treddick avait le regard vitreux
et le visage hagard.

Vers deux heures du matin, le shériff fit un geste de lassitude.

— OK. Howard, emmène-le et mets-le au frais.

— Attendez deux secondes, dit Joe d'une voix rauque. Je suis en état
d'arrestation ?

— Oui, aucun doute là-dessus.

— Pour quel motif ?

— Là, vous dites des bêtises.

Howard prit Joe par le bras.

— Allons-y, mon gars.

Chapitre XV

Julie se réveilla à 7 heures avec du sable sous les paupières, une douleur sourde derrière le front, et un goût métallique dans la bouche

Elle se redressa sur un coude et regarda la pièce autour d'elle. Qu'est-ce que je suis censée faire aujourd'hui ? se demanda-t-elle. Qu'est-ce qui se passe… ? Tout lui revint d'un coup, tout un panorama de compréhension.

Au bout de quelques minutes, elle sortit du lit. Elle prit une douche, se brossa les cheveux et revêtit une jupe de coton bleu turquoise et un chemisier blanc, des socquettes et des mocassins blancs.

Elle descendit pour prendre son petit déjeuner. Sa mère était encore au lit, et son père était sorti. La domestique lui apporta du jus d'orange, du café, un pain aux raisins encore tiède et du beurre.

Après avoir mangé, Julie téléphona.

— Carr, c'est Julie.

— Hello, Julie. Qu'est-ce que tu fais, en ce moment ?

— Je viens juste de terminer mon petit déjeuner.

— Et si je passais te voir ?

— D'accord.

Julie raccrocha. Carr était prétentieux, mais il était aussi fiable et prévisible. Carr était – enfin, Carr était Carr… Jamais il n'aurait été capable de mener une existence secrète, de faire semblant, de comploter, de tricher… Julie éprouva une sorte de haut-le-cœur.

Carr la rejoignit à la table de la salle à manger. Julie sortit une tasse pour lui et la bonne lui versa du café.

Ce matin, Carr portait un nouveau costume en twill vert olive, une chemise blanche, une cravate en laine noire. Ses cheveux blond-roux étaient soigneusement coiffés. Son visage brillait d'avoir été rasé de frais.

— Ma foi, Julie, c'est une terrible affaire.

À son ton, Julie devina que quelque chose allait venir.

— Tu as du nouveau ?

Carr hocha la tête.

— J'ai appelé Hartmann, et c'est stupéfiant. Ils ont pris les empreintes de Treddick, et ce sont les mêmes que celles de Struve.

Julie but son café. Carr sembla légèrement vexé. Il s'était attendu à plus de réaction.

— Eh bien, dit-il, tu n'as pas l'air surprise ?

Julie regarda au loin par la fenêtre.

— C'est une de ces choses qu'on ne sait pas vraiment, qu'on ne soupçonne même pas – mais quand on les découvre, on se rend compte qu'on le savait tout du long.

Carr se tourna pour l'examiner.

— Et depuis combien de temps possèdes-tu cette certitude intérieure ?

— Je ne savais même pas que je le savais avant que tu me le dises.

— C'est une situation étonnante, dit Carr. Absolument étonnante. Tu sais quel jour on est ?

Interloquée, Julie le regarda sans répondre.

— Nous sommes le mardi 7 juillet. Ce soir, George Bavonette entre dans la chambre à gaz.

— Ah…

— Je vais aller en ville, dit Carr. Je vais faire reporter cette exécution. C'est une parodie de justice.

Julie joua avec sa tasse.

— Joe pourrait peut-être se confesser… Ou Robert. C'est sans doute comme ça que je devrais l'appeler, maintenant.

— Pour l'instant, il n'a rien avoué du tout. Et je crois qu'il ne dira rien.

— Il est terriblement têtu. Tu te souviens comment il était, au lycée ?

— Oui, dit Carr avec un petit rire amer. Il me doit encore de l'argent pour mon scooter.

Julie secoua la tête d'un air étonné.

— Je ne sais pas lequel de vous deux est le plus obstiné…

— Je suis obstiné et tenace, déclara Carr, quand je sais que j'ai raison. Note bien ce que je te dis, Julie : je serai bientôt le nouveau gouverneur de cet État ! (Il consulta sa montre.) J'ai une journée importante qui m'attend… Que dirais-tu de m'accompagner ? Nous pourrions déjeuner ensemble…

— Non, merci, Carr, dit Julie en secouant la tête d'un air mélancolique.

— Ça te ferait du bien, insista Carr. Un tour dans la vieille Jaguar, régler quelques petites affaires, et nous aurons tout le reste de la journée à nous.

Julie le regarda en coin.

— Je croyais qu'aujourd'hui, tu projetais de remuer ciel et terre ?

Carr dit d'un air triomphant :

— Avec toi, je remuerais ciel et terre avec un seul doigt… Hello, Mrs Hovard.

Margaret venait d'entrer dans la pièce comme une somnambule.

— Hello, Carr… Je suis contente de te voir.

— Je m'apprête à aller à San Francisco, Mrs Hovard. J'ai essayé de convaincre Julie de m'accompagner. Ça lui ferait tous les biens.

Margaret se tourna vers Julie.

— Pourquoi n'y vas-tu pas, ma chérie ?

— Parce que je n'en ai pas envie.

— Comme tu voudras, dit Carr. À plus tard.

Il salua Margaret et s'en alla.

Margaret s'enfonça dans un fauteuil à côté de Julie.

— Je crois que je vieillis… Toute cette affaire m'a mise dans un état… Quand je pense que ce garçon a dîné à notre table – que tu es sortie avec un…

Les mots lui manquèrent.

— Oui, Maman, j'y ai pensé moi-même. Et à beaucoup d'autres choses encore…

* * *

Le shériff s'exprimait sur un ton calme, poli, direct.

— Eh bien, Struve…

— Je m'appelle Treddick, dit Joe.

— Struve – Treddick – appelez-vous comme vous voudrez.

— Pour quel motif me retenez-vous ?

— Ne vous souciez pas de ça, dit Hartmann. Je peux trouver une douzaine de raisons. Tenez, par exemple, que diriez-vous de désertion de l'armée ?

— Ça ne tiendrait pas debout deux secondes, répondit Joe. Mon engagement s'est terminé cinq jours après ma capture.

— En tant que caporal Robert Struve, ou comme deuxième classe Joe Treddick ?

— Les deux. Nous avons signé le même jour.

— Voilà une bonne attitude, Struve.

— Treddick.

Le shérif haussa les sourcils.

— Comment pouvez-vous être Treddick alors que vos empreintes disent que vous êtes Struve ?

— Faites venir votre sténographe, parce que je ne vous le dirai qu'une fois.

— OK, fit le shérif avec amabilité.

Sid se glissa dans la pièce et s'installa sur une chaise.

— À une époque, j'ai été le caporal Robert Struve, du 121e régiment du génie. Cinq jours avant la fin de mon engagement, un obus de mortier nous a touchés. Au beau milieu de notre groupe. J'étais dans le lit de la rivière, ce qui m'a protégé de l'explosion. Mais le reste de la section a été exterminé. Des bras et des jambes partout. J'allais bientôt être démobilisé, ne l'oubliez pas. Je n'ai rien fait de mal. Mais j'en avais plus qu'assez de Robert Struve. Je voulais être quelqu'un d'autre. Robert Struve est le visage sur la photo que vous m'avez montrée.

— Ouais, fit Hartmann. Continuez, c'est intéressant.

— J'attendais peut-être une occasion. Ou j'étais peut-être sous le choc du combat. Je ne sais pas. Toujours est-il que j'ai pris la plaque d'identification de Treddick, et j'ai donné la mienne à ce qui restait de Joe. Je ne savais pas vraiment ce que j'allais faire. De la façon dont les choses se sont passées, je n'ai même pas eu besoin de réfléchir. Les communistes sont arrivés sur la colline et ils m'ont emmené. À partir de ce moment-là, je suis devenu Joe Treddick.

— Un peu dur pour les proches de Treddick, vous ne trouvez pas ?

— Il n'avait pas de proches. Des cousins éloignés à Boston, c'est tout. Et puis, Joe allait être démobilisé le même jour que moi.

« Pour faire court, je suis parvenu à échapper aux communistes. Je me suis caché pendant deux jours et trois nuits, et j'ai finalement réussi à rejoindre nos lignes. J'avais un bras fracturé, et une infection là où un éclat m'avait touché au cou. Je suis allé à l'hôpital, et je ne suis jamais retourné dans mon unité.

— Une sacrée veine pour vous, fit remarquer Hartmann.

— Ça n'aurait eu aucune importance. Je ne cherchais pas à tenter quoi que ce soit. C'était juste un geste...

— C'est donc pour ça que vous êtes revenu à San Giorgio ?

— Shériff, quand bien même je vous le dirais, vous ne comprendriez pas pourquoi je suis revenu.

— Essayez toujours.

— J'ai vécu quatorze ans à San Giorgio. J'y ai connu certaines personnes, qui me connaissaient en tant que Robert Struve. J'ai voulu revenir pour les connaître en tant que Joe Treddick, quelqu'un d'autre que le monstre de la ville.

Le shériff réfléchit un instant, et hocha la tête.

— Poursuivez votre histoire. Vous étiez à l'hôpital.

— J'ai été démobilisé au Japon, où je me suis engagé comme matelot sur un cargo panaméen, et je suis retourné aux États-Unis après pas mal de détours. À New York, j'ai changé légalement de nom, et je m'appelle désormais Joe Treddick.

— Et l'armée ?

— Les choses sont équilibrées. Struve contre Treddick.

— Et s'ils viennent à le savoir ?

— Je leur expliquerai simplement que les plaques d'identification se sont trouvées mélangées.

— Vous êtes prêt à laisser un autre homme aller dans la chambre à gaz pour un meurtre que vous avez commis ?

Joe sembla surpris.

— De quel meurtre parlez-vous ?

— Vous avez tué Diane Bavonette. George Bavonette va être exécuté pour ça.

Joe eut un petit rire.

— Je crois comprendre qu'il a avoué.

— Bon, d'accord. Pourquoi avez-vous tué et mutilé Cathy McDermott et Lucia Small ?

— C'est une accusation ?

— Non, juste une question. Pourquoi l'avez-vous fait ?

Joe alluma une cigarette.

— Je n'ai rien fait du tout.

— Pouvez-vous le prouver ?

— Je n'en ai pas besoin.

Le shériff se mit en colère.

— Et qu'est-ce que vous dites de ça ?

Il ouvrit une chemise en papier kraft. Un bristol blanc était collé à l'intérieur avec du ruban adhésif. On pouvait y lire, imprimé à l'encre violette :

HELLO ROBERT.
TU NE T'EN TIRERAS PAS COMME ÇA.

— Qu'avez-vous à dire ?

— Pas grand-chose. C'est Lucia Small qui l'a envoyée.

Le shériff hocha la tête.

— Qu'est-ce que ça signifie ?

— Elle pensait que je projetais de me marier pour entrer dans la famille Hovard.

— C'était vrai ?

Joe le regarda d'un air impassible.

— À votre avis ?

Le shériff ouvrit une autre chemise et la montra à Joe :

ROBERT STRUVE EST UN AMANT VIOLENT.
Il TRANCHE LES GORGES ET TAILLADE LES VISAGES.
C'EST LUI QU'Il FAUT CHERCHER.

Joe fronça les sourcils.

— Où avez-vous trouvé ça ?

— Lucia l'a postée le jour même où elle a été tuée. Adressée à moi.

— Faites voir l'enveloppe.

Le shérif la lui tendit. Joe l'examina.

— Le cachet de la poste est daté du lendemain de sa mort.

— Elle l'a probablement déposée dans une boîte après la dernière levée.

— Je ne le crois pas. Elle savait que j'étais Robert Struve.

— Voilà une chose qui m'intrigue, dit le shérif Hartmann. Comment l'a-t-elle su ?

— Je l'ai raccompagnée chez elle après le bal masqué. Les Tourelles ne sont pas faciles à trouver, à moins de connaître parfaitement le chemin. J'y suis allé directement. Elle m'a dit : "Comment ça se fait que tu connais si bien ? Tu n'es pas de la région !"

« J'ai été incapable de lui donner une explication. Elle m'a dit alors : "C'est drôle, mais j'ai toujours eu l'impression de t'avoir vu quelque part…" Et deux minutes après : "Ça y est, je sais qui tu es ! Tu es Robert Struve !"

« Je lui ai dit qu'elle était folle, mais elle a simplement ri. C'est pendant que je la raccompagnais chez elle que Cathy McDermott a été assassinée. Lucia savait que j'étais innocent. Si elle a écrit cette lettre, c'est par pur dépit.

— Par dépit ? Pourquoi ?

— Elle voulait qu'on se gare un moment tous les deux… Je ne voulais pas.

Le shérif grommela :

— On sait que c'est vous, Treddick, on vous tient.

Joe éclata de rire.

— Vous aviez un mobile… une opportunité…

— Pas plus de mobile qu'un autre. Et pour ce qui est de l'opportunité, je ramenais Lucia chez elle quand Cathy a été tuée.

— Ça vous ferait un bon alibi – si Lucia était encore vivante pour le corroborer.

— C'est vrai…

Le shérif regarda Joe un long moment.

— Joe – vous êtes un gars sacrément futé. Mais je vous aurai pour ces meurtres.

— OK, fit Joe. Si vous arrivez à tenir le coup, je tiendrai le coup moi aussi.

* * *

Julie errait dans la maison. Elle finit par enfiler un maillot de bain et alla s'installer sur une chaise longue au bord de la piscine.

Joe Treddick – Robert Struve. Les deux images se mêlèrent, se fondirent, puis se séparèrent à nouveau. Les affreuses cicatrices de Robert refusaient tout simplement de se superposer à la puissante mâchoire de Joe et à ses joues lisses. Julie avait parfois remarqué une longue marque sous le menton, qui devait être la limite de la greffe de peau. Son nez – comment le nez droit de Joe pouvait-il recouvrir les trous béants des narines de Robert ? Et pourtant, c'était le cas… N'importe qui pouvait être horrible avec un visage tailladé et déchiqueté… Elle repensa à Cathy, Diane, Lucia…

Joe. Robert.

Tout le restant de sa vie, ces deux noms éveilleraient en elle une étrange émotion… Que se serait-il passé si Robert n'avait pas été blessé ? Si elle n'avait pas conduit la voiture ce soir-là, quand elle avait huit ans ? Cinq vies. Diane Pendry. Cathy McDermott. Lucia Small. George Bavonette. Robert Struve.

Joe Treddick ?

Le fil des pensées de Julie s'interrompit. Y avait-il quelque chose de bon chez Joe Treddick ? Elle soupira. Quelle force effroyable devait le pousser ! Incisif comme l'éclair, puissant et obstiné comme un bulldozer charriant du gravier ! Il devait terriblement souffrir de ses actes…

Margaret l'appela pour venir déjeuner. À 14 heures, Julie se rendit à pied dans le centre-ville. Elle acheta un numéro du *Herald-Republican* et parcourut les titres à la recherche des mots « assassin », « couteau », « mutilation »… Rien ne lui sauta aux yeux. Elle le parcourut plus attentivement, et finit par repérer une brève information selon laquelle le shérif Hartmann s'attendait à une arrestation imminente.

Elle retourna chez elle, où elle s'allongea sur son lit et finit par s'endormir. Elle se réveilla vers 16 h 30.

Quand elle descendit, elle trouva sa mère prenant le thé avec Carr Pendry.

— Tu es revenu drôlement tôt, dit Julie avec un soupçon d'ironie dans la voix.

Carr semblait fatigué. Julie éprouva aussitôt des remords.

— Tu as pu obtenir quelque chose ? demanda-t-elle.

Carr secoua la tête.

— Rien du tout. C'est comme si je me cognais la tête contre un mur – partout. On dirait que tout le monde s'en fiche. Ils se contentent de me regarder bêtement. (Il tapa du poing sur la table.) Et tu ne devineras jamais…

— Quoi ?

— Le shériff a relâché Struve !

— Il l'a relâché ? Pourquoi ?

Carr haussa les épaules.

— Manque de preuves. Mais ça ne veut rien dire. Ils lui donnent simplement un peu de mou. Ils finiront par l'avoir.

— Quelle horrible créature, murmura Margaret. Je n'arrive pas à m'en remettre. Ici – à cette table. Mangeant notre nourriture.

Carr résuma les événements de la journée.

— J'ai parlé au juge. Il a refusé de voir le lien entre la mort de Diane et ce qui s'est passé ici.

— Tu lui as parlé de Robert ? demanda Julie.

— Oui, bien sûr. (Carr poursuivit :) Sur le chemin du retour, je me suis arrêté à San Quentin et j'ai été autorisé à voir Bavonette.

— Le jour de son exécution ? demanda Margaret. Ça me semble un peu morbide.

Carr regarda sa montre.

— Il est maintenant 16 h 30. Dans deux heures et demie… Ma foi, en tant que membre de la famille – je suis son beau-frère, après tout…

— Il me semble que c'était justement une bonne raison pour qu'ils ne te laissent pas lui rendre visite, dit Julie. Le frère de la femme qu'il est censé avoir tuée…

Carr fronça les sourcils.

— Il est horrible à voir. Son visage est comme décharné. On dirait une tête de mort.

— Pauvre homme, dit Margaret.

— Ses mains sont comme des griffes, poursuivit Carr. Vous

connaissez l'expression selon laquelle quelqu'un a des yeux brillants ? Eh bien, les yeux de Bavonette étaient comme ça – comme s'il y avait une petite lampe dans chaque orbite.

— Est-ce qu'il a eu l'air content de te voir ? demanda Margaret.

— Il semblait indifférent. Je lui ai expliqué la situation, et je lui ai dit qu'il était encore temps, que s'il revenait sur ses aveux, il y avait encore une chance.

— Qu'a-t-il dit ?

Carr but une gorgée de thé avant de répondre.

— Il m'a regardé avec l'expression la plus bizarre que j'aie jamais vue. C'était celle d'un homme qui rit devant la mort, et qui la souhaite ardemment. En fait, il est content d'être exécuté !

— N'est-ce pas étrange ? dit Margaret.

— Il y a effectivement quelque chose de bizarre dans tout ça. Il est fou à lier, bien sûr, mais je crois qu'il s'agit pour lui d'une sorte d'expiation…

— Qu'a-t-il dit exactement ? demanda Julie.

— Il m'a dit de me mêler de mes oignons. Il m'a dit – voyons voir. Ses paroles exactes étaient quelque chose comme ça. Il les a presque chantées, comme de la musique de jazz. « Cette vie a été une longue succession d'enfers. J'ai lutté en fumant de l'herbe. J'ai lutté en jouant du piano. On dit qu'il y a une autre vie où on joue de la harpe. Je suis prêt. Quant à celle-ci, vous pouvez la prendre et… (Carr s'interrompit en faisant un petit sourire triste à Margaret.) Il m'a dit ce que je pouvais en faire.

— Ce pauvre homme est manifestement fou, déclara Margaret avec indignation. On devrait l'interner dans un asile.

Carr hocha la tête.

— Au lieu de ça, ils vont le tuer… (il consulta sa montre) … dans exactement deux heures et vingt-cinq minutes.

Julie se leva. Margaret la regarda avec curiosité.

— Où vas-tu, ma chérie ?

— Dans ma chambre.

Carr se leva d'un bond.

— J'allais te proposer – si ça te dit de faire un tour ce soir, Julie…

— Non, merci.

— Voyons, Julie, dit sa mère, je pense que ça te ferait du bien
Julie se tourna vers Carr.

— Bon, d'accord, mais à une condition.

— Bien sûr. Tout ce que tu voudras.

— Nous irons là où je veux, et nous ferons ce que je voudrai. Pas de discussion. Ça te va ?

— Si tu insistes.

— OK.

CHAPITRE XVI

Alors qu'ils descendaient les marches du perron, Carr prit Julie par le bras pour l'entraîner vers la Jaguar.

— Non, dit Julie. Prenons ma voiture.

— Très bien, dit Carr. C'est toi qui commandes.

Julie s'installa derrière le volant, et Carr s'assit à sa droite. Il se tenait très raide et regardait fixement devant lui.

— Autant que tu saches où je vais maintenant, dit Julie, pour éviter les discussions. Je vais voir Joe Treddick pour lui parler.

Carr tourna la tête d'un air choqué.

— Julie… Je ne crois pas que ce soit très malin.

— OK. Tu veux venir ? Ou j'y vais toute seule ?

— Mais pourquoi, Julie ? Au nom du Ciel, pourquoi ?

— Je veux le voir. (Elle secoua la tête.) C'est peut-être un assassin – mais il est honnête. De toute façon, Carr, j'ai envie de lui parler ! J'en ai besoin pour y voir plus clair ! s'écria-t-elle avec passion. Je ne sais plus où j'en suis. Si ce n'est pas un assassin, je veux savoir si j'avais raison à son sujet.

— Admettons qu'il soit innocent. Ça reste un imposteur…

Elle le regarda calmement.

— Qu'est-ce que tu aurais fait, toi, si tu avais eu un visage comme celui de Robert Struve ?

— Peu importe, la question n'est pas là. Je croyais qu'on allait sortir ensemble ce soir, peut-être prendre un verre…

— Très bien, Carr. Descends, s'il te plaît.

— D'accord, dit-il entre ses dents. Je viens avec toi.

— Plus de discussion ?

— Tout ce que tu voudras.

Julie démarra et prit Conroy Avenue, puis Third Street, pour se rendre à la pension Fair Oaks.

Elle se gara et descendit de voiture. Carr voulut la suivre.

— Non, dit Julie. Je veux être seule pour lui parler. Je t'appellerai si j'ai besoin de toi.

— Tes parents vont m'écarteler ! protesta Carr. Après tout, ils comptent sur moi pour te protéger !

— Une fois pour toutes, Carr, c'est moi qui décide. Si ça ne te plaît pas, tu peux rentrer chez toi.

Elle gravit les marches et sonna. Mrs Tuttle vint lui ouvrir.

— Pourrais-je parler à Joe Treddick, s'il vous plaît ?

Mrs Tuttle la regarda très attentivement.

— Vous savez qui est Joe Treddick ?

— Oui, je sais très bien qui il est.

— Son vrai nom est Robert Struve, et à moins que je ne me trompe…

— Est-ce que je peux lui parler ?

— Allons, fit Mrs Tuttle, croyez-vous qu'il aurait pu rester une minute de plus dans ma maison quand j'ai appris qui il était ? Il n'est pas là, ma petite demoiselle.

— Où est-il allé ?

— Je n'en ai pas la moindre idée.

— Merci.

Julie retourna à sa voiture.

— Alors ? demanda Carr.

— Il n'est plus là, dit Julie en redémarrant.

Le shériff Hartmann n'était pas à son bureau. L'adjoint leur suggéra d'essayer chez lui.

Le shériff habitait une grande maison dans un de ces nouveaux lotissements qui se multipliaient autour de San Giorgio. Carr accepta d'aller lui demander où se trouvait Joe Treddick. Julie l'accompagna à la porte.

Répondant au coup de sonnette, le shériff Hartmann apparut sur le seuil en bras de chemise. Quand Carr lui posa la question, il fronça pensivement les sourcils.

— Je crois qu'il m'a parlé d'un motel. Qu'est-ce que vous lui voulez, exactement ?

Carr regarda Julie.

— Nous voulons juste bavarder un peu – parler du bon vieux temps, des choses comme ça.

— Ah, fit le shériff en hochant lentement la tête.

— Ce que je n'arrive pas à comprendre, dit Carr, c'est pourquoi vous l'avez laissé partir !

— Pour une excellente raison. Il n'y a aucune preuve contre lui.

— Mais cette histoire de faux nom, et ces lettres…

— Ce sont des éléments de contexte, Carr, pas des preuves. C'est utile pour combler les manques dans un dossier d'accusation, mais il faut d'abord des preuves solides pour monter ce dossier. Nous n'en avons pas. Même pas le commencement d'une.

— Allez, viens, Carr, dit Julie.

Il la suivit d'un air boudeur.

— Où allons-nous ?

— J'ai pensé qu'on pourrait tourner dans les environs, voir si on repère sa voiture.

— Allons, Julie, il y a une bonne douzaine de motels par ici – on ne peut pas tous les explorer.

— C'est vrai, tu as raison.

— Alors, où vas-tu ? demanda Carr.

— Je rentre à la maison.

— À la maison ? Mais il est encore tôt !

Julie ne répondit pas. Elle repartit par Conroy Avenue, entra dans Jamaica Terrace et se gara dans son allée.

— Ce n'est pas du tout le genre de soirée que j'avais en tête, dit Carr.

— Qu'est-ce que tu croyais ? Qu'on allait se bécoter ?

Carr ouvrit la portière d'un air très digne.

— Bonne nuit, Julie… Je ne pense pas que je vais entrer.

— Bonne nuit, Carr. Je ne t'y avais pas invité.

Carr sauta dans sa Jaguar, mit le contact, fit rugir le moteur et repartit en trombe vers la ville.

— Ce n'est qu'un gros bébé gâté… marmonna Julie.

Elle redémarra et fit lentement marche arrière, puis elle partit vers la grand-route, où elle s'engagea en direction du sud, longeant des stations-service miteuses, des aires de vente de voitures d'occasion, des tavernes, deux cliniques vétérinaires.

Rien au Bon Haven, au San Giorgio Courts, au Kozy Kourts ni au Bender's Motel. Le Green Gables était au-delà des limites de l'éclairage urbain, là où la campagne commençait. Une douzaine de petites cabanes aux toits de tuiles vertes entouraient une zone centrale qui avait été autrefois gravelée. Deux chênes aux troncs blanchis à la chaux se dressaient au milieu. Il y avait de la lumière dans la cabane où un panneau indiquait : RÉCEPTION. Toutes les autres étaient sombres et inoccupées. Julie se gara au bord de la route et s'avança dans la zone centrale.

Tout au fond, elle aperçut la voiture de Joe. Elle s'arrêta et examina un instant la cabane, en se disant qu'elle aurait bien aimé avoir quelqu'un avec elle…

Elle retourna à sa voiture et mit la clé dans le contact, mais elle hésita. Après avoir déjà fait tout ce chemin… Elle ressortit lentement et retourna à la cabane.

Une cabane où se trouvait Joe… Robert Struve. Joe. Elle contempla la porte pendant deux minutes. Toutes les autres cabanes semblaient vides.

Elle s'approcha lentement, le cœur battant. Elle leva la main pour frapper à la porte. Ce qu'elle s'apprêtait à faire était franchement idiot… mais il fallait qu'elle le fasse. C'était le point culminant d'une série d'événements qui avait commencé dix ans plus tôt, quand une petite fille avait percuté un scooter en conduisant une voiture.

Elle frappa au battant.

Un grincement de sommier, un bruit de pas… La porte s'ouvrit.

— Hello, dit Julie. Je peux entrer ?

La porte se referma doucement derrière elle. Sur la table de nuit, quatre bougies étaient allumées. Il n'y avait pas d'autre éclairage dans la pièce que la lueur des quatre flammes.

Julie regarda autour d'elle.

— Pourquoi les bougies ?

— Juste une idée comme ça. (Joe s'assit sur le lit.) Assieds-toi.

Julie prit un rocking-chair en rotin et s'installa. Ils se regardèrent. Une moitié de leurs visages était éclairée par la pâle lueur des bougies, l'autre était plongée dans l'ombre.

— Alors, Robert ? dit Julie d'une voix douce.

— Je m'appelle Joe Treddick.

Joe la regardait fixement. Elle vit qu'il avait maigri. Son visage était creusé.

— Tu es une étrange créature, Robert.

Une fois encore, il dit :

— Je m'appelle Joe Treddick.

Julie eut un petit rire moqueur.

— Allons, tu me prends vraiment pour une idiote ?

— Oh – à moitié seulement.

— Et toi ? Qu'est-ce que tu penses de toi ?

— J'évite d'y réfléchir. (Il s'allongea et alluma une cigarette.) Je pense que tu as droit à une explication.

Julie attendit. Le courage commençait à lui manquer. Elle prenait conscience de sa jeunesse, de son inexpérience, de sa vulnérabilité… mais elle se ressaisit. Elle n'avait aucune raison d'avoir honte. Qu'il continue de se prélasser avec cette fausse assurance qu'il affichait… Joe se mit à parler.

— En ce qui me concerne, Robert Struve est mort en Corée. Je n'ai jamais vraiment beaucoup aimé Robert. Un petit chouchou couvé par sa mère.

Ce mépris tranquille surprit Julie. Elle ressentit l'envie de prendre la défense de Robert. Elle repensa au Robert Struve qu'elle avait connu au lycée – le garçon qui avait joué au football comme un fou furieux, étudié comme un moine contemplatif, qui ne se faisait pas d'amis et qui marchait seul dans la vie. Un petit chouchou couvé par sa mère ? Allons donc !

— Joe Treddick était un genre d'homme très différent, poursuivit Joe. Il faisait des choses parce qu'il avait envie de les faire. J'ai changé de nom. Je suis Joe Treddick. Je fais des choses parce que j'en ai envie.

— Comme… un meurtre, par exemple ?

Joe tira calmement une bouffée de sa cigarette. La fumée monta en spirale vers le plafond. La flamme des bougies vacilla.

— Tu m'as arrêté, jugé, condamné, pendu et enterré – avant même de me demander si je suis ou non coupable.

— Est-ce qu'il y a le moindre doute là-dessus ? Toutes ces cachotte-ries, ces… manœuvres, ces dissimulations…

— Je m'appelle Joe Treddick. Si tu m'avais interrogé sur Struve, je t'aurais répondu. Mais Struve est mort, et Joe Treddick est vivant. Je n'ai cherché à tromper personne, ni toi ni les autres.

Julie se pencha vers lui, et dit d'une voix vibrante :

— Et Diane Pendry ? George Bavonette est mort il y a deux heures. Tu l'as assassiné, comme tu as assassiné sa femme ! (Joe voulut parler, mais Julie poursuivit :) Je sais pourquoi tu as fait ça. Quatre jeunes filles à l'initiation Tri-Gamma. Diane, Cathy, Lucia et moi. Quatre petites idiotes. Elles t'ont blessé. Et tu as eu ta revanche.

Joe grimaça un sourire.

— Tu le crois sérieusement ?

— Je sais ce que tu m'as fait.

— Ah, oui… Et j'ai payé cher pour ça. Je suis vraiment désolé, Julie.

— Tes excuses viennent avec cinq ans de retard.

— Mieux vaut tard que jamais.

— Et Diane ? Tu vas sans doute me dire que tu n'as pas brisé son couple ?

Joe eut un rire sarcastique.

— Eh bien ?

Il haussa les épaules.

— J'ai vu Diane dans un bar de Market Street, à San Francisco. Elle ne m'a pas reconnu, bien sûr. Je l'ai abordée. J'avais peut-être une idée de vengeance. Sans doute. Elle ne m'a pas dit qu'elle était mariée – alors que son mari pianotait à cinq mètres de là. Quand j'ai su qu'elle l'était, j'ai pris mes distances. Je l'ai revue deux fois après ça. La dernière fois, c'était le soir où elle a été tuée. C'est là qu'elle m'a reconnu.

Julie le dévisagea.

— C'est étonnant que je ne t'aie jamais reconnu, moi.

— Elle m'a vu avec la partie inférieure de mon visage cachée par un journal que j'étais en train de lire. Elle s'est arrêtée au milieu de la pièce, et elle m'a dit que j'étais têtu, que je n'avais pas d'âme – que je lui rappelais un garçon qu'elle avait connu au lycée, un horrible garçon qui s'appelait Robert Struve. Et puis elle m'a regardé, elle a ouvert des yeux grands comme des soucoupes, et elle a couru dans sa chambre. Je suis parti.

Julie examina Joe en cachant le bas de son visage avec la main. Soudain, ce fut Robert Struve. Elle abaissa la main, et il redevint Joe.

— L'avant-dernière fois où j'ai vu Diane, c'était sur Telegraph Hill. Cathy ct toi, vous y étiez aussi. Dans l'appartement de Cholo.

Julie fut surprise.

— Je ne t'ai pas remarqué.

— Moi, si. J'ai su tout de suite qui tu étais. (Il se releva et s'assit sur le lit.) Et j'ai su aussitôt ce que je voulais dans la vie – plus que tout au monde. Toi. Je me suis débrouillé pour être assis à côté de toi en Anglais 1B. Je voulais avoir une chance de te connaître à égalité avec les autres – sans avoir à porter le poids du passé autour de mon cou, comme un albatros.

Julie dit d'une petite voix :

— Tout ça est fort bien – mais Diane ? Pourquoi fallait-il qu'elle meure ?

— Tu veux dire, pourquoi l'ai-je tué ?

— Oui.

Il eut un rire amer.

— As-tu envisagé la possibilité que l'homme qui a été exécuté pour ce meurtre était effectivement le coupable ?

— Oui, j'y ai pensé… Mais il y a aussi Cathy et Lucia.

— Pourquoi me mettre ces meurtres sur le dos ?

— Parce que tu avais un mobile.

Joe éclata de rire.

— Et cinq ans plus tard, je leur tranche la gorge ?

Julie resta silencieuse.

— Bon, dit Joe, c'est vrai qu'à l'époque, j'ai été blessé. J'allais gagner des tonnes d'argent, me faire refaire le visage, être beau comme un dieu. Elles tomberaient amoureuses de moi, elles ramperaient à mes pieds en me suppliant de leur accorder un regard. Et là, je leur rirais au nez. (Joe sourit tristement.) Ce n'étaient que des fantasmes. Je m'en suis débarrassé à peu près au moment où je suis entré dans l'armée.

— Tu sais raconter de belles histoires, Joe.

Il tourna brusquement la tête.

— Tu m'as appelé Joe.

— Oui, et alors ?

— Ça veut dire que tu me crois.

Julie détourna les yeux et regarda les bougies.

— Je ne t'ai jamais complètement… jugé et condamné.

Il la regarda avec curiosité.

— Tu es venue seule ?

— Oui.

— Quelqu'un sait que tu es ici ?

— Non.

— Tu es vraiment une petite âme confiante. (Il écrasa sa cigarette.) Et si finalement j'étais bien le meurtrier de San Giorgio ?

Elle s'agita dans son fauteuil en regardant ses mains. Elle rougissait.

Joe se leva et alla examiner les bougies. Julie traversa lentement la pièce pour le rejoindre. Elle avait la bouche sèche, elle sentait des picotements sur sa peau.

— À l'intérieur, dit-elle, je pense que nous sommes tous un peu bizarres…

Il la regarda en haussant les sourcils, et il la prit dans ses bras. Le contact fut comme un déclic : toute la tension accumulée se relâcha. Elle se serra contre Joe, et ses étranges sentiments intérieurs laissèrent place à une douce chaleur. Ils restèrent ainsi à contempler les flammes des bougies.

— Tu veux bien m'épouser, Julie ?

— Dès que j'aurai dix-huit ans.

Au bout d'un moment, elle demanda :

— Pourquoi ces bougies, Joe ?

— C'est une expérience.

Il ouvrit un tiroir de la commode et en sortit une grande photo.

— Regarde ça.

— Oui, eh bien ? dit-elle après y avoir jeté un coup d'œil.

C'était l'une des photos publiées par le *Herald-Republican* dans sa rubrique mondaine après le grand bal masqué de Mountainview : on y voyait le bar, avec Joe et Lucia près de la sortie.

— Tu ne vois rien ?

Elle l'examina plus attentivement à la lumière des bougies.

— Seulement ce qu'on a vu l'autre jour. En plus détaillé, bien sûr… Ah ! Les bougies !

— C'est bien ça, dit Joe. Je peux mesurer leur hauteur sur cette photo.

— Comment ça ? Comment peux-tu être sûr…

— L'étiquette de cette bouteille de whisky fait exactement dix centimètres de haut. Je l'ai mesurée dans une boutique tout à l'heure. Ça me donne l'échelle pour mesurer les bougies. Ces bougies neuves, là… (il posa le doigt sur la photo)… font trente centimètres. Celles dans le chandelier font toutes un peu moins de dix-sept centimètres. En d'autres termes, elles ont brûlé sur treize centimètres.

— Je vois, dit Julie. Et maintenant – tu es en train de vérifier à quelle vitesse brûlent les bougies.

— Exactement. (Il posa une règle contre l'une des bougies et regarda sa montre.) En gros, il faut une heure pour trois centimètres et demi. Treize divisé par trois virgule cinq… ça donne trois heures trois quarts.

— C'est Mrs Hutson qui s'est occupée d'allumer ces bougies. Nous sommes arrivés vers 20 h 30, et elle venait juste de terminer.

— On ajoute trois heures trois quarts, et on arrive à minuit et quart. Et le tour est joué. On a l'heure à laquelle la photo a été prise. Il m'était impossible de raccompagner Lucia chez elle et de revenir au bal avant 1 heure. Je suis innocenté.

— Si on téléphonait au shérif ?

Joe jeta un coup d'œil vers la commode, pour une raison que Julie ne comprit pas sur le moment.

— Il le saura bien assez tôt.

Julie éclata de rire.

— Qu'est-ce qu'il y a de drôle ?

— Maman pense que tu es le diable incarné.

Joe sourit.

— Jamais elle ne me pardonnera.

Elle lui passa les bras autour de la taille.

— Joe, tu crois que tu peux continuer de m'aimer ? Une horrible petit fille gâtée comme moi ?

— Je pense que ça va marcher.

— Tu te souviens du soir où je t'ai téléphoné – la première fois que nous sommes sortis ensemble ?

— Oui.

— En rentrant, j'ai dit à Cathy que j'allais me marier avec toi. (Le sourire de Julie s'effaça brusquement.) Pauvre Cathy... Joe – qui l'a tuée ?

Joe la regarda d'un air étonné.

— Tu veux dire que tu ne le sais pas ?

— Bien sûr que non !

— C'est pourtant évident.

— Alors, vas-y, dis-moi. Ne joue pas les mystérieux.

— Diane Bavonette a dit à Carr qu'elle avait vu Robert Struve. Diane a été assassinée. Carr était convaincu que c'était Struve qui avait tué et mutilé sa sœur. Il a été très contrarié quand la police a arrêté George. Ça voulait dire que Struve allait s'en tirer impunément. Cette idée l'a vraiment rendu dingue. Il m'a toujours détesté.

« Le soir du bal masqué, il était un peu éméché. Il s'est garé avec Cathy, et il a sans doute commencé à la caresser.

Julie hocha la tête.

— Et Cathy lui a dit d'arrêter – c'est tout à fait l'état d'esprit dans lequel elle était.

— Et alors, Carr est devenu fou. Elle a peut-être menacé de le dire à ses parents, ou il l'a tuée par pure jalousie. Toujours est-il qu'elle est morte, et que Carr avait un problème : comment s'en sortir ? Et il a pensé à Diane. Si Robert Struve avait mutilé Diane – pourquoi ne serait-il pas aussi tenu responsable de la mutilation de Cathy ? Il prend donc son canif, et il se met au travail. Quand il a fini, il se cogne la tête contre quelque chose – le pare-chocs, peut-être –, il se barbouille de poussière et de sang, et il retourne au bal en titubant, en disant que quelqu'un l'a assommé. Le lendemain, il dit que cet homme était Robert Struve. L'ironie dans tout ça, c'est que j'étais là pendant tout ce temps. Je savais que Carr mentait. C'était une certitude que c'était lui l'assassin.

— Lucia savait qui tu étais – elle savait donc elle aussi que Carr mentait.

— Oui, fit Joe. Elle s'est dit que ce serait amusant d'écrire des lettres. Elle s'est trompée. Carr lui a réglé son compte, à elle aussi. Ensuite, pour lancer le shérif après Struve, il a écrit une autre lettre avec le matériel de Lucia, et il l'a postée.

La porte s'ouvrit, et Carr entra dans la pièce.

— J'ai tout entendu, dit-il.

Il se tourna vers Julie. Son visage rond était rouge et déformé par un rictus. À la lumière des bougies, il semblait presque violet.

— Je pensais bien te trouver ! Tu n'as pas voulu sortir avec *moi*…

Serrée contre Joe, Julie observait Carr comme si c'était une créature étrange déguisée en être humain.

— Tu crois ce menteur, cet imposteur ? s'écria Carr. Tu te fies à sa parole au lieu de la mienne ?

— Ce n'est pas une question de se fier à sa parole, dit Julie. Ça ne peut pas être lui. Il n'était pas là quand c'est arrivé.

— Si, il y était ! Il m'a assommé – toute sa vie il a cherché à me rabaisser ! (Carr les regarda tous les deux.) Julie – je vais te faire le plus grand compliment que je puisse imaginer. (Il prit un ton solennel.) Je veux que tu deviennes Mrs Carr Pendry. Je veux que tu sois ma femme.

Julie éclata de rire – un rire à moitié hystérique.

— Eh bien, Julie ? demanda Carr de son air le plus pompeux.

— Tu devras attendre ton tour. Joe m'a demandé en premier.

— Ne plaisante pas… gronda Carr.

Il sortit un pistolet de la poche de sa veste.

— Carr ! dit Julie. C'est le mien ! Tu l'as pris dans ma voiture ! Rends-le-moi tout de suite !

On aurait pu croire un instant que Carr allait obéir. Il se pencha en avant… mais il se ressaisit.

— Non, Julie. Struve ne doit pas croire qu'il va s'en tirer comme ça.

— Mais il n'a rien fait !

— Toute sa vie, il a comploté contre moi. Le moment est venu de régler nos comptes.

— Comment ? demanda Joe.

Carr sourit en montrant son arme.

— Demain, on va vous trouver ici tous les deux. Toi, avec une balle dans la tête – tirée avec ce pistolet, que Julie tiendra dans la main. Toi, tu tiendras un couteau… On pensera que tu l'as attaquée, et qu'elle t'a tiré dessus.

— C'est une bonne idée, dit Joe.

— Oh, je commence à avoir une certaine expérience dans ce genre de choses, dit Carr. Ça va faire mon troisième.

— Et c'est le futur gouverneur de l'État qui parle, dit Joe.

Carr sembla troublé.

— Et alors ? Qui le saura ?

— Toi, pour commencer, dit Joe.

— Oui, mais je ne vais le dire à personne, ricana Carr.

— Et ensuite, il y a le shérif adjoint dans la cabane à côté. Il est en train de tout enregistrer au magnétophone.

Carr devint très pâle.

— Le shérif adjoint ?

— Oui, absolument. Il s'appelle Clifford. Tu ne crois quand même pas que Hartmann allait me relâcher comme ça, si ?

Carr regarda autour de lui.

— Il n'y a pas de micro dans cette pièce.

— Il est caché derrière la commode, au cas où ça t'intéresserait. Le fil passe dans le coin derrière la plinthe.

Carr s'approcha du meuble en gardant son pistolet pointé sur Joe. Il écarta la commode du mur et jeta un coup d'œil derrière.

— Il n'y a rien du tout.

— Regarde dans le coin, dit Joe.

Carr passa derrière la commode et l'écarta de l'autre mur. Il jeta un coup d'œil, et vit le reflet des bougies sur un objet métallique. Il regarda fixement le micro, comme hypnotisé. Julie lui donna une poussée et Carr trébucha. Il essaya de se retenir en posant sur le meuble sa main qui tenait l'arme. Joe lui écrasa le poignet contre le bord de la commode et lui arracha le pistolet.

Carr se dégagea lentement.

— Assieds-toi tranquillement dans ce rocking-chair, dit Joe, ou sinon, je serai obligé de te tirer une balle dans le genou. Et ça, c'est franchement douloureux.

La porte s'ouvrit. Clifford, le shérif adjoint, entra dans la pièce en tenant devant lui un gros Colt .45.

— Que personne ne bouge. Restez exactement comme vous êtes.

— Il n'y a plus de danger, maintenant, dit Joe.

— Je n'étais pas inquiet, répondit Clifford. Je voulais juste être sûr de récupérer le maximum sur la bande.

— Et en attendant, dit Julie, Carr aurait tranché deux gorges de plus…

— Vous essayez de m'apprendre mon métier, ma petite demoiselle ? Allez, courez vite téléphoner au shériff.

* * *

Le soleil levant éclairait leurs visages.

— Cinq heures et demie, dit Julie. On a bien roulé. (Elle tapota le tableau de bord.) Bonne vieille Plymouth… Et pourquoi tu souris comme ça ? demanda-t-elle à Joe.

— J'étais juste en train de me demander combien de temps il faudra avant que tes parents m'adressent de nouveau la parole.

— Ils le feront quand je leur dirai de le faire, décréta Julie. J'ai dix-huit ans et un jour, et si c'est la seule chose que je fais dans ma vie, je choisirai moi-même mon mari.

Une grande arche apparut devant eux au-dessus de la route. On pouvait y lire :

VILLE DE RENO

LA PLUS GRANDE PETITE VILLE DU MONDE

— Ah, Joe, soupira Julie. Je suis tellement heureuse…
Joe lui prit la main et l'embrassa.

— Moi aussi.

— Par quoi on commence ? On prend un petit déjeuner, ou on se marie ?

— Tu as faim ?

— Une faim de loup.

— Alors, mangeons d'abord, et comme ça, nous n'aurons pas à tirer le juge de son lit.

Ils virent un nouveau panneau :

❂ CHAPELLE DES FLEURS D'ORANGER ❂

Mariages à toute heure du jour et de la nuit
CENT MÈTRES À DROITE

— Oh, et puis zut ! fit Joe. Marions-nous d'abord. On aura toujours le temps de manger après.

À propos de l'auteur

Jack Vance est né en 1916 en Californie, dans une famille aisée qui a connu des revers de fortune alors que Jack était encore enfant. Jeune homme, il est donc obligé d'occuper une série d'emplois ingrats avant de pouvoir suivre des cours à l'université de Californie, à Berkeley : génie minier, physique, journalisme et littérature anglaise. À la fin de ses études, alors que l'Amérique entre en guerre, il s'engage comme simple matelot dans la marine marchande. Plus tard, il travaille comme mécanicien de chantier, arpenteur, céramiste et charpentier avant que sa production de romans et de nouvelles dans les domaines de la science-fiction, de la fantasy et du policier ne lui permette de vivre de son écriture et de s'y consacrer à plein temps.

En plus de soixante ans de carrière, sa production a été prodigieuse et lui a valu de nombreux honneurs : trois prix Hugo, un prix Nebula, un prix World Fantasy pour l'ensemble de son œuvre ainsi qu'un prix Edgar-Allan-Poe décerné par l'Association américaine des auteurs de romans policiers. L'Association des écrivains de SF et de Fantasy lui a décerné le titre de Grand Maître, et il a été admis dans le Science Fiction Hall of Fame en 2001.

Il a su explorer une variété de genres en en repoussant les limites, que ce soit de la fantasy sombre (en particulier le cycle de la Terre mourante, qui a influencé de nombreux auteurs), des space opéras interstellaires, de la fantasy héroïque (la trilogie Lyonesse), ou encore des romans policiers dont le personnage principal est shérif d'un comté rural de Californie (la série Joe Bain). Une histoire vancienne est souvent centrée sur un protagoniste extrêmement compétent plongé dans des situations périlleuses sur une planète où l'aventure est son lot quotidien, ou encore sur une jeune personne qui s'embarque pour une odyssée semée d'embûches dans des régions peuplées d'ennemis redoutables...

Vers la fin de sa carrière, un groupe de fans à travers le monde s'est constitué pour rétablir ses œuvres sous leur forme originale, en restaurant des textes malmenés ou amputés par des éditeurs surtout préoccupés par le nombre de pages qu'ils pouvaient caser dans un magazine « pulp ». Le résultat a été la Vance Integral Edition, version définitive de l'œuvre vancienne en 44 volumes magnifiquement reliés. Spatterlight publie à présent les textes du projet VIE sous la forme d'ebooks et de livres imprimés à la demande.

Ce livre a été imprimé en utilisant Adobe Arno Pro comme police de caractères principale, avec NeutraFace pour la couverture.

Cet ouvrage a été créé à partir des archives numériques de la Vance Integral Edition, une série de 44 volumes produits sous l'égide de l'auteur par un groupe de ses lecteurs répartis à travers le monde. Le projet VIE exprime sa reconnaissance à l'aide éditoriale que lui a apportée Norma Vance, ainsi qu'à la collaboration du Département des collections spéciales de l'université de Boston, dont la collection consacrée à John Holbrook Vance a été une source importante de matériau textuel.

Remerciements particuliers à R.C. Lacovara, Patrick Dusoulier, Koen Vyverman, Paul Rhoads, Chuck King, Gregory Hansen, Suan Yong et Josh Geller pour leur aide précieuse dans la préparation des versions finales des fichiers sources.

Composition et mise en page : Joel Anderson

Direction artistique et dessin de couverture : Howard Kistler

Correction et quatrième de couverture : Patrick Dusoulier

Direction : John Vance, Koen Vyverman